Hazuki
카미시로 하즈키
Kamishiro

『이러고서 귀신이다~ 같은 소릴 하면 좀 귀여워 보이지 않을까?』

하즈키는 눈썹 모양을 재주 좋게 여덟 팔자 모양으로 바꾸는가 싶더니 핑크색 혀를 내밀며 귀신 흉내를 내는 것이었다.

애인대행을 시작한 나, 어째선지 미소녀의 지명의뢰가 들어왔다

2

『시바……군.』

Ryoma
시바 료마
Shiba

항상 일하느라 고생 많으세요.

그래도, 지금은 저랑 놀고 있으니까

힘든 일은 잊어주셨으면 해요.

제가 리드할 수 있도록

열심히 할 테니까.

「기뻐……. 정말로 기뻐……!」

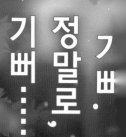

카시와기 히머
Himeno
Kashiwag

히메노는 그대로
배에 얼굴을 묻고
부비적거리면서
"고마워……
고마워……"라며
몇 번이고 감사를 전했다.

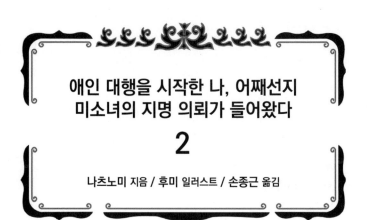

애인 대행을 시작한 나, 어째선지 미소녀의 지명 의뢰가 들어왔다

2

나츠노미 지음 / 후미 일러스트 / 손종근 옮김

contents

Illust 후미

Design 타니고메 카부토
(무시카고 그래픽스)

"후우…… 춥다, 추워."

23시가 넘은 시각.

서점 알바를 마치고 평소처럼 아이라를 집으로 돌려보낸 료마는 겨울의 추위를 견디며 귀갓길에 접어들었다.

『붕 붕─.』

그때, 주머니에 진동 모드로 넣어둔 스마트폰이 일정한 리듬으로 떨리기 시작했다. 전화가 끊어지지 않도록 그 스마트폰을 얼른 손에 들었더니.

"아이라?"

이런 두 글자가 떠 있었다.

방금 바래다줬으니까 몇 분 만의 전화. 의문스럽게 생각하며 통화 버튼을 누르고 스마트폰을 귀에 대자 활기찬 그녀의 목소리가 들려왔다.

『어, 여보세요. 료마 선배? 지금 시간 괜찮아?』

"조금 전에 막 헤어졌으니까 별일은 없어."

『니히히, 그도 그런가. 라나 뭐라나.』

여전히 이상한 웃음소리에 독특한 어미를 붙이는 아이라.

"그래서 아이라 네 용건은? 문자가 아니라 전화니까 급한 일인 것 같은데."

『응응. 용건은 세 가지야. 집에 왔더니 이런저런 일이 있

3

어서 이렇게나 나왔는데 말이지.』

"많네⋯⋯."

『많다고 생각돼도 말하면 안 되잖아. 뭐, 료마 선배를 위해서 바로 본론으로 들어갈 테니까.』

그 말대로, 아이라는 즐거워 보이는 목소리로 곧장 본론을 이야기하기 시작했다.

『우선 첫 번째, 이게 메인인데 오빠 계약을 갱신하겠다는 사전 예약.』

"어⋯⋯? 갱신?!"

『뭘 그렇게 놀라는 거야? 나를 즐겁게 해주겠다고 그랬으니까 당연하잖아. 오히려 이 계약 없어지는 거 난 싫고, 료마 선배랑 이런 대화를 못 나누게 되는 것도 싫고, 불만도 없고.』

말끝마다 『고』의 연속이었다. 아이라의 성격상, 이 한 글자가 이어지면 계속 이어질 뿐이지 물러날 생각이 없다는 것은 안다. 그래서 일단 원만하게 마무리하는 방향을 선택하는 료마였다.

"저기, 일단 내용은 알았어. 그 건은 특히 중요하니까 다음에 만났을 때에 다시 이야기해도 될까?"

사전 예약이라고 한 이유는 아직 한 달 동안의 계약이 끝나지 않았기 때문이다. 그 계약이 끝나기 전에 다시 한 번 예약하고 싶다는 내용. 아이라가 얼마나 진심인지 자연스럽게 료마에게까지 전해졌다.

『알았어. 그럼 그렇게 부탁할게.』

"그래서 두 번째는?"

『두 번째는 미안한 연락인데, 나, 료마 선배한테 크리스마스 데이트를 하자고 그랬잖아? 기억해?』

"물론 기억해. 25일 저녁부터라고 그랬는데…… 아니, 설마?"

『응……. 그날 데이트를 못 하게 되어버렸거든. 정말로 미안한데.』

"혹시 신경 쓰이는 남자가 데이트하자고 그랬어?"

『그럴 리가 없잖아! 애당초 크리스마스 데이트는 료마 선배하고 갈 생각밖에 없었고, 그런 이유라면 계약 갱신도 안 하지.』

"그, 그런가."

미안하다는 음색에서 단숨에 진지한 음색으로 바뀌는 아이라. 그 변화와 방금 들은 말에 놀랐다.

『패스하는 이유 말인데, 크리스마스에 아빠랑 엄마가 돌아온다는 연락을 좀 전에 받아서 그래. 부모님이랑 오랜만에 만나니까 딸로서 그쪽에 시간을 쓰고 싶어서. 어쩌면 며칠 동안 여행을 갈지도 모른다든지 그런 이야기도 있었거든.』

"그렇구나. 그 이유라면 그쪽을 우선시해줘. 나도 가족의 화목한 시간이 중요하다고 생각해."

『그, 그렇게 다정하게 대해주면 곤란한데……. 난 료마 선배를 크리스마스에 외톨이로 만들어버리고 있잖아.』

"아니, 물론 책임은 지게 할 거야. 어디서 따로 채우는 걸로."

『니히히, 혹시 료마 선배는 나랑 데이트하는 거 기대했어?』

"딱히—."

『또 허세 부린다!』

이 대답을 듣고서 아이라는 기쁜 듯 말투가 튀었다. 별충한다면 예정은 달라지더라도 만나는 횟수가 줄어드는 것은 아니다. 당연히 기쁘겠지.

『그리고 세 번째 말인데, 이건 료마 선배한테도 좋은 소식!』

"어?"

『따로 채우는 거, 사실은 나도 생각했거든. 나랑 크리스마스 데이트 대신에 정월 데이트는 어때?』

"정월이구나. 그건 또 괜찮은 이벤트네."

『웅! 그럼 꼭 가자가자! 애당초 료마 선배한테 거부권은 없었지만. 왜냐면, 나랑 계약 갱신 해야 되잖아.』

"우와, 이제야 그림이 보이네. 그 명분을 만들려고 계약 갱신 얘기를 처음에 꺼낸 거지?"

『니히히, 정답.』

정말로 똑똑한 아이라다. 유리한 입장에 설 수 있는 방법을 사전에 계산했던 것이리라. 료마에게 도망칠 길을 주지 않는 선택지를 골랐다.

『그래도 이 정도는 용서해줄 거지? 나라고 료마 선배랑

크리스마스 데이트를 가기 싫었던 게 아니니까.』

"오히려 아이라 네가 더 크리스마스를 기대했던 거 아냐?"

『허—?! 료마 선배가 더 기대했겠지, 무조건!』

"아하하, 미안미안."

『뭐, 상관없지만. 그럼 다음에는 그런 느낌으로 부탁해! 내가 기모노 입은 거 보고 쫄면 안 된다고? 라나 뭐라나—.』

"대단한 자신감이네."

싱글대는 표정을 짓고 있을 아이라에게 료마도 가벼운 농담으로 답했다.

『그래도, 나 귀엽잖아?』

"예예, 귀여워귀여워. 칭찬해달라는 오라 없어도 아니까."

『니히히, 고마워. 그럼 용건은 이걸로 끝. 여행 가게 되면 료마 선배랑 만나는 날 줄어들 테니까, 조만간 나랑 자기 전에 통화 같은 것도 하자.』

"끝까지 응석을 부리는구나."

『미안미안. 그럼 오늘도 수고했어, 료마 선배. 정월 데이트 잘 부탁해.』

"응, 알았어. 그럼 또 봐, 아이라. 한동안 추울 테니까 감기 걸리지 말고."

『예이예이! 료마 선배도.』

이 대화 후에 전화는 끊어졌다. 겨울 하늘 아래, 스마트폰 전원을 끄고 주머니에 넣은 료마는 쿡쿡 웃음을 흘리며 걸음을 옮겼다.

"아이라도 무척 기운이 난 것 같아서 다행이네……."

료마는 지금도 아이라가 준 계약금에 손을 대지 않았다. 나쁘게 말하면 돈도 안 되는 헛수고 같은 일이지만, 사이좋은 친구로서 대하는 만큼 그런 식으로 생각한 적은 없다.

참견쟁이 료마로서는 아이라가 보다 더 좋은 환경에서 지내주는 것이 기뻤다.

"자, 그럼 이렇게 기뻐진 참에 빨리 돌아가자."

그렇게 료마는 하얀 숨결을 내쉬며 한 걸음씩 집을 향해 외길을 걸어갔다. 그때, 비일상적인 일이 벌어지고 말았다.

"후우, 그건 그렇고 정말 추워졌네……."

"으으……."

"어?!"

혼잣말을 흘린 순간, 신음 소리 같은 대답이 들린 것이었다. 예상치 못한 일에 그만 멈춰 선 료마는 눈을 크게 떴다. 시선을 향한 곳은 대답의 근원. 전봇대 옆…… 료마에게는 딱 사각이 되는 장소.

"저, 저기—?"

확인을 위해서 다시 한번 말을 걸었더니 확신이 생겼다.

"응—."

"……!"

대답한 것은 인간……. 그곳에 누군가가 숨어 있다…….
료마는 경계하듯이 눈을 가늘게 뜨며 입가를 꽉 다물었다.
한 걸음을 내딛는 것이 아니라 발소리가 나지 않도록 천천히 뒤로 물러났다.

　밤도 늦어 수상쩍은 사람이 출몰해도 이상하지 않은 시간대. 가장 먼저 떠오른 가능성은 이것.

　안전을 위해서 다른 루트로 돌아간다는 당연한 행동으로 넘어가려던 순간, 이번에는 말도 안 되는 광경을 목격하고 말았다.

　"으어?!"

　전봇대에서 굉장한 기세로 튀어나온 긴 다리를. 땅바닥에 장딴지가 닿는 그 광경을⋯⋯.

제1장 새로운 만남

료마는 그 현장에서 도망치지 않았다. 아니, 정확하게 말하면 도망칠 수가 없었다. 갑자기 다리가 튀어나온 충격적인 현장을 목격하면 누구라도 이렇게 되어버릴 것이다.

그 자리에 굳어 있었더니 또다시 들리는 것이었다.

"후에~."

"…………."

명백하게 맥이 빠진, 흐물흐물한 목소리가.

자세히 들어보니 어쩐지 도움을 청하는 것 같은 느낌이 없지도 않다……고 느꼈다.

최대한 엮이지 않는 쪽이 안전하다는 것은 알지만, 대체 어떤 상태인지 확인하고 싶어지는 것이 참견쟁이 료마의 특징.

상대는 땅바닥에 앉은 것 같은 상태이고, 하이힐을 신고 있다. 목소리를 들어봐도 여성임은 틀림없었다.

말을 건네고서 습격을 당하더라도 도망칠 수 있다. 안전을 확보할 수 있다는 판단도 료마의 등을 떠밀었다.

발소리를 죽이며 쭈뼛쭈뼛 한 걸음, 또 한 걸음 전진했다. 그리하여 전봇대 앞에 다다른 료마는 안쪽을 들여다보며 전모를 파악했다.

"뭐야?!"

전봇대에 힘없이 몸을 기대고서 축 늘어진 모델 같이 아름다운 여성. 청초한 분위기를 머금고 시선을 빼앗아버릴 정도로 아름다운 여성이다.

목에는 체크무늬 목도리를 감고, 그 밑으로는 하얀 상의. 아래는 붉은색 플리츠스커트를 입고 있지만 하얀 허벅지를 대담하게 노출시켜 버렸다.

선정적이면서 가늘고 긴 다리가 노출되어 있고, 그 옆으로는 수십만 엔은 될 브랜드 핸드백이 땅바닥에 떨어져 있었다.

"저기…… 괜찮아요?"

"……."

"저기요—?"

"…………."

료마는 대답을 청하듯이 말을 건넸지만 반응은 불안정했다. 여성의 얼굴은 붉게 물들었고 술 냄새까지 났다. 만취 상태임을 판단하는 것은 간단.

"이, 일단 실례할게요. 이거…… 돌려놓을게요……. 미안해요……."

땅바닥에 주저앉았을 정도로 술을 마신 상대에게 어떤 트집을 잡힐지는 알 수 없었다.

그래도 치마가 계속 들추어진 상태로는 아무래도 문제가 있었다. 치마 끝자락만 시야 구석으로 파악하며 바로 고치는 료마였다.

"후아…… 고마, 워……."

"아뇨, 신경 쓰지 마세요……."

평소에는 성실한 여성인지 만취한 상태에서도 제대로 인사를 건네준다. 그녀는 흐리멍덩한 남색 눈동자로 바라봐 왔다. 얼굴을 마주했더니 더욱 단정한 용모가 료마의 눈에 비쳤다.

"저기, 물이라도 드릴까요?"

"어~어? 응…… 줘."

"알겠어요. 저기 앞에 자판기가 있으니까 사 올게요."

취기를 깨기에는 물이 좋다는 지식을 가진 성인 료마는 주머니에서 지갑을 꺼내고 50미터 앞에 있는 자판기로 가서 110엔을 넣어 생수를 구입했다.

한순간 『주저』라는 감정이 드러나는 것은 어쩔 수 없으리라.

저 여성과는 첫 대면. 그런 생판 남을 상대로 돈을 쓸 만큼 료마에게 금전적인 여유는 없었다. 학비를 위해서라도, 카야의 부담을 줄여주기 위해서라도 한 푼이라도 많이 저축하고 싶다……만, 곧바로 행동으로 옮긴 것은 양심이 있었기 때문이다. 구입 버튼을 누르고 밑으로 떨어진 생수를 손에 든 료마는 여성 곁으로 다시 뛰어갔다.

"여기요. 물이에요."

"응, 너는 좋은 사람이구나~."

"아, 아하하……."

료마가 뚜껑을 딴 페트병을 건네자 이 여성은 불안한 양 손으로 들고 목으로 물을 흘려 넣었다. 삼분의 일 정도를 마신 여성은 만족스럽게 천천히 입에서 페트병을 떼고——.

"줄게——."

"……아, 예."

그대로 마시던 페트병을 건넸다. 가령 여기서 료마가 주둥이에 입을 대더라도 눈앞의 여성은 아무런 생각도 없을 것이다. 그렇게 판단할 수 있을 만큼 술에 취한 상태였다.

외모는 다부지게 보이는데…… 그런 감상을 품으며 뚜껑을 닫은 료마는 땅바닥에 떨어진 핸드백을 주워서 여성에게 한마디를 건네고 생수를 넣어두었다.

"저기, 그런데 누님 이름은 뭐예요?"

"이름……은, 카미시로, 하즈키."

"하즈키 씨군요. 집은 어느 쪽에?"

그 물음에 눈을 살짝 뜨고 고개를 든 하즈키는 장소를 가리키듯 검지를 뻗는 것이었다. 주변의 사람이라면 누구나 아는, 몇 킬로미터 앞의 아파트를 향해서.

"응…… 저기……."

"어?! 저, 저 타워 아파트 말인가요? 51층이라는……."

"그래……."

"정말인가요? 정말로 저기가 맞아요……?"

하즈키는 취한 상태였다. 브랜드 핸드백을 들고 있어도 그럴듯한 옷을 입고 있어도, 기억이 혼란스러울 뿐일 가능성은 있었다.

그뿐만이 아니라 51층이라는 층수로 알 수 있다시피, 이 근처에서 가장 유명한 타워 아파트가 저곳이었다. 비싼 건물로서도 말이다.

외모를 봐도 하즈키는 젊다. 보아하니 20대 초반에서 중반. 평범하게 생각했을 땐 그런 나이에 살 수 있는 장소가 아니었다.

"이게, 증거. ……줄게."

"예?"

하즈키는 핸드백을 들더니 옆쪽의 버튼을 열어서 건네려고 했다. 금색으로 빛나는 카드다. 카드에는 Keycard라는 각인이 있었다. 실제로 그것이 아파트 열쇠인지 료마로서는 알 수 없지만, 나온 카드를 믿지 않을 수도 없었다.

"아니, 그건 필요 없으니까 빨리 넣어요."

"예에."

이런 대화를 나누는 것은 이미 한밤중. 혼자서는 어쩔 수도 없는 상황이 이어지고 있었다. 일단 집을 알아냈으니까 료마가 할 수 있는 일은 택시를 부르는 것밖에 없으리라.

"하즈키 씨, 지금부터 제가 택시를 부를 테니까 그걸로 제대로 돌아가세요."

"응──."

겉모습은 커리어 우먼. 하지만 술 때문에 내용물이 유치원생으로 변해버린 것 같은 하즈키.

그 차이가 나쁘다고 말하기는 어렵지만 빨리 원래대로 돌아갔으면 하는 것이 본심이었다. 료마는 스마트폰을 꺼내어 가장 가까운 츠키노마루* 택시의 전화번호를 검색해서 바로 불렀다.

『예, 전화 주셔서 감사합니다. 츠키노마루 택시입니다.』

"안녕하세요. 지금 택시를 부르고 싶은데…… 하나 물어볼 게 있어서요."

『물어보실 거라고요?』

"예. 거기서 여성 기사를 부를 수는 있을까…… 해서요."

『여성 기사 말씀이신가요. 죄송합니다만 이유를 여쭈어도 될까요.』

"그게…… 술에 취한 여성을 바래다주고 싶어서…… 말이죠."

지금 료마는 모르는 여성, 그것도 만취한 하즈키에게 택시를 불러주고 있었다. 저항이 어려울 하즈키에게 남성 기사를 부르는 것은 그다지 추천할 수 없는 일이리라. 동성 기사가 오는 편이 하즈키도 안심할 터. 이런 이유로 거절당한다면 다른 콜택시 회사에 전화를 걸 생각이었다──만, 그 생각은 기우로 그쳤다.

『상황은 알겠습니다. 그러시다면 가능하세요.』

"아, 그런가요. 감사합니다. 그럼 택시를 부탁드릴게요."

『알겠습니다. 그럼 이름과 주소, 연락처를 부탁드릴게요.』

*일본에서 택시 서비스를 제공하는 주식회사 히노마루(日の丸)의 패러디.

"이름은 시바 료마예요. 여기 주소는…… 죄송해요, 확인 좀 할게요."

그리하여 접수 담당자와의 수속을 마쳤다.

『그럼 여성 기사를 그쪽으로 보낼게요. 15분 정도 걸립니다.』

"알겠어요. 감사합니다."

눈앞에 상대가 있는 것은 아니지만 머리를 숙이고 전화를 끊는 료마. 그런 료마가 할 일은 부른 택시를 기다리는 것뿐.

"……"

대화할 상대도 없는 료마는 아직 땅바닥에 앉아 고개를 흔들흔들하는 하즈키 옆에 서서, 지나가는 사람에게서 지키듯이 가만히 기다렸다.

지금 할 수 있는 일이라면 누군가 트집을 잡지 않도록 지켜보는 것뿐.

그리고 수십 분이 지났을 무렵, 멀리서 차가 다가오는 것이 보였다. 차 지붕에는 『츠키노마루』 이름이 있으니까 료마가 부른 택시임은 틀림없었다.

그 택시는 눈앞에 서더니 조수석 창문과 뒷좌석 문을 열고 안에서 말을 건넸다.

"죄송해요! 기다리셨죠!"

"아뇨아뇨, 감사합니다."

"아니, 와아……. 거기 손님 엄청 취하셨네요……. 남자친구가 잔뜩 먹여버렸군요—?!"

"아, 아니에요. 남자친구가 아니라 남이에요. 우연히 지나가던 참에 발견해서."

료마의 요청대로 여성 기사가 왔는데, 이제까지 본 적도 없을 만큼 거리낌이 없었다.

"과연, 그렇구나. 이런 미인이 길에 떨어져 있었다는 말이죠?"

"아, 아하하······."

이래저래 딴죽을 걸고 싶어졌지만 건드리면 건드릴수록 이야기가 길어지겠지. 지금은 참고 하즈키를 서둘러 택시에 태우기로 했다.

"하즈키 씨. 택시가 왔어요. 밖이 추우니까 빨리 타세요."

"고, 고마워······."

이때도 감사 인사를 건넨 하즈키는 일어서서 핸드백을 들고 택시에 탔다. 이것으로 한 건 해결이라 할 수 있을 것이다.

"저기—, 손님 행선지는 아세요?"

만취한 하즈키를 걱정했는지 여성 기사는 료마에게 물었다.

"그게, 그라이얼 가든 GR 타워······까지 부탁해요. 저기 보이는 아파트예요."

"으에?! 저 고급 타워 아파트 말인가요!"

"······그러네요."

"어, 어쩐지 이래저래 굉장한 여성을 발견하셨네요. 저 아파트에 사는 분이라니……."

"그, 그러게요. ……아, 뒤에서 차가 오니까 슬슬 출발해야……."

"앗! 그러네요! 그럼 밤늦게까지 고생 많으셨어요—! 제대로 바래다드릴 테니까 안심하세요—!"

"예, 부탁할게요."

그러고는 조수석 창문이 자동으로 닫히고, 기사가 한 손을 들어 인사하며 택시는 출발했다.

"저 사람한테 맡겨도 괜찮을까……."

『안심하세요—!』라는 말과 달리 저런 거침없는 성격에 몸을 맡기고 맹렬한 스피드로 달려버리지는 않을까. 료마는 그런 실례되는 감상을 품고 말았지만 맡긴 이상은 걱정해봐야 어쩔 수 없는 일이리라.

"아니, 벌써 이런 시간이야?! 빨리 돌아가야지, 안 그럼 카야 누나한테 혼날 거야……."

스마트폰 시계를 봤더니 날짜가 바뀔 때까지 30분 정도 남은 시각이었다. 간신히 문제를 해결한 료마는 그제야 귀갓길로 접어들 수 있었다.

택시를 기다리던 20분이라는 시간으로, 차가운 밤바람을 맞고 있던 하즈키의 취기가 깼다는 사실을 알아차리지도 못하고……

* * * *

"차 안 온도는 괜찮나요—? 히터는 더 세게 틀 수 있으니까 언제든지 말씀하세요!"

"……배려 고마워. 이대로 괜찮아."

"그럼 다행이네요! 그래서…… 행선지는 그라이얼 가든 GR 타워 맞을까요? 일단 본인한테도 확인해두고 싶어서요."

"응, 거기로 부탁해. 밤늦게 미안해……."

"아뇨아뇨, 저는 일을 하는 것뿐이니까 신경 쓰지 마세요!"

료마가 걱정하던 그 차 안. 하즈키는 제대로 된 의식으로 문답을 주고받았다. 료마와 대화하던 때와는 완전히 다른 사람처럼. 아니, 이것이 본성이었다.

"그래서 오늘은 어쩐 일이신가요? 취하셨다는 연락이 있었으니까…… 회식 같은 건가요?"

"회식이라기보다 그냥 술자리, 겠네. 업무 동료가 상담을 해달라고 그래서."

"호—! 상담인가요! 그런 젊은 나이에도 다른 사람이 의지한다니 굉장하네요. 저한테 그런 일은 전혀 없을 것 같은데요."

"후훗, 오래 일한 덕분이기도 하려나. 근데, 기사님도 충분히 젊잖아?"

"올해로 스물여섯이에요."

"어머…… 나랑 동갑이었네. 좀 더 연하일 거라 생각했어."

"어, 정말인가요?! 이것 참, 고마워요! 두 가지 의미로 아주 신나네요!"

젊어 보였다는 것과 동갑이라는 것. 신이 난 상태 그대로 기쁨을 표현하듯 몸을 움직이는 기사에게 미소를 짓는 하즈키. 이렇게까지 업된 기사를 볼 기회도 좀처럼 없을 것이다.

차분하지 못한 행동을 보이면서도 안전운전을 유지할 수 있는 점은 대단하다.

"그래서 하던 얘기를 마저 하자면, 오늘은 업무 동료 분에게 상담을 해주느라 잔뜩 술을 마셨다는 느낌이군요?"

"그래, 그분은 술이 무척 강해서——."

"——언니는 걱정을 끼치지 않으려고 무리를 했다는 거네요."

"그러네……. 매번 허세를 부렸지만 앞으로는 그만두기로 했어. 같은 실패를 되풀이할 수는 없는걸."

"그렇죠—. 그러는 게 건강에도 좋을 거라 생각하니까 꼭이요!"

백미러 너머로 나누는 대화. 동갑이기도 해서 거리가 무척 빠르게 줄어들었다.

"저기—, 언니한테 하나 질문해도 될까요? 계속 의문스럽던 게 있는데요."

"뭘까……?"

"왜 언니는 도와준 남자 앞에서 계속 취한 척 했나요?

제가 도착할 때까지 축 늘어져 있었는데 택시에는 스스슥 탔으니까, 이미 취기는 깼던 거죠?"

"역시 기사님이라고 해야 할까. 제대로 보고 있었네."

"감사합니다! 그래서 그 이유는?"

"……밤바람을 쐬고 취기가 깨긴 했지만 상황이 파악되질 않았거든. 모르는 남자가 계속 옆에 서 있었으니까. 혹시 덮치기라도 했다가는 아무런 저항도 못 할 테니까 쓸데없이 자극을 주지 않는 편이 안전하다고 생각했어."

"어어?! 그러니까 언니는 택시를 부른 것도 몰랐던 건가요?!"

"불러준 것 같기도 아닌 것 같기도, 그런 애매한 기억밖에 없었어."

"그런 이야기였나요. 그렇다면 납득되네요."

그때, 하즈키는 만취 상태였던 것이다. 이런 상태가 되어버린 것도 어쩔 수 없는 일. 이것이 술의 무서운 점이다.

"그래도…… 언니는 운이 좋네요. 다정한 사람이 발견해줬으니까요. 그 남자가 없었다면 최악의 경우엔, 누가 그대로 주워가든지 몰래 성희롱을 당했을지도 모른다고요?"

"그 남자가 성희롱을 했을 가능성도 있겠지. 택시를 불러줬는데 이렇게 말하는 건 참 실례겠지만."

하즈키는 료마와의 대화를, 있었던 일을 전부 기억하는 것은 아니었다. 명확하지 않은 만큼 가능성을 포함해서 이렇게 이야기하는 것이었다.

"아, 그거라면 괜찮아요. 그 남자는 절대로 안 했으니까."

"어? 어떻게 그리 단언할 수 있는 걸까."

그렇게 이 대화를 계기로 하즈키는 처음 알게 되는 것이었다. 그때에 도와준 료마의 배려를.

"그게 말이죠, 그 남자는 『언니가 만취했으니까』라는 이유로 남성 기사가 아니라 여성 기사를 지명했으니까요. 그렇게까지 배려할 줄 아는 사람이 성희롱을 할 리가 없어요."

"그랬어? 우연히 여자 기사가 배정된 게 아니라?"

"그래요그래요. 게다가 제가 도착했을 때, 남자분은 언니랑 조금 거리를 둔 위치에서 기다리고 있었어요. 혹시 이상한 생각을 했다면 언니랑 밀착했든지 무척 가까운 위치에서 기다리고 있었을 거예요."

"……."

"그리고, 그러네요. 이런 추운 날씨에 20분이나 택시를 기다려줬잖아요. 바꿔 말하면 그 시간까지 언니를 지켜주었다, 그런 이야기겠죠. 도착했을 때에도 싫은 표정 하나 없었으니까, 젊은데도 무척 제대로 된 사람이라는 게 솔직한 감상이었어요. 그런 남자가 성희롱을 했다면 저는 이젠 인간불신이 되어버릴 거예요."

이제까지 수많은 사람을 보았기에 그런가, 설득력은 남들 이상이었다.

"……그래."

하즈키는 기사의 말을 냉정하게 받아들이고, 마음 아파

했다.

『이렇게까지 나를 걱정해줬는데 어째서 그 사람이 성희롱을 했다고 의심하고 말았을까.』

지금까지 있었던 일을 설명받은 타이밍에 하즈키는 핸드백 안에 생수가 들어 있는 것을 알아차렸다. 이것을 대체 누가 구입했는지, 누구를 위해서 구입해주었는지 선명하게 떠올렸다.

"앗! 미담처럼 이야기해버렸는데, 언니가 타워 아파트에 산다는 정보는 알고 있었으니까 보답을 받을 수 있겠다! 라는 흑심은 있었을지도 모른다고요? 이 택시를 바로 보낸 만큼 그럴 가능성은 지극히 희박하다고 생각하지만요."

"후훗, 결국 미담이 됐잖아."

"그만큼 신뢰가 있었다는 걸로…… 죄송해요!"

"그렇게까지 그 사람을 두둔한다면 믿을 수밖에 없겠네. 솔직히 납득이 가는 걸."

하즈키는 우스워졌다. 기사가 잔뜩 칭찬하는 상대를 계속 경계하고, 계속 취한 척했다는 사실이. 모르는 남성의 배려에 하즈키는 따스한 기분이 들었다. 그것뿐만이 아니라 사회인으로서 당연한 감정도 샘솟았다.

"기사님한테 부탁이 하나 있는데."

"예, 뭘까요?"

"기사님은 그 사람 연락처를 알겠지? 그렇다면──."

"──그것만큼은 안 돼요, 미안해요."

하즈키가 하고 싶은 말을 미리 헤아린 기사는 말을 중간에 끊으며 미안하다는 듯 목소리를 낮추었다.

"언니가 그 남자분한테 답례를 하고 싶다는 기분은 알겠지만, 이것만큼은 비밀엄수의 의무에 해당되니까요."

"그렇겠네……. 미안해. 무리한 이야기라는 걸 알면서 물어봤어."

"융통성이 없어서 미안해요."

"후훗, 애당초 융통성이 발휘되면 안 되잖아?"

"그, 그랬죠!"

두 사람 모두 사회인이다. 어느 정도의 상식은 이해하기에 선뜻 이야기를 끝낼 수가 있었다.

거절 때문에 생겨난 무거운 분위기를 빠르게 걷어내는 모습은 남이 좀처럼 흉내 내기 어려울 것이다. 그 후에는 밝은 대화가 이어지고 택시는 목적지인 하즈키의 집, 타워 아파트에 도착했다.

"오늘은 정말 고마워. 덕분에 살았어."

"아뇨아뇨, 당치도 않아요! 그럼 요금은 910엔입니다! 카드도 가능해요!"

"현금으로 부탁할게. ……그리고, 이거. 내 마음이야."

"으에?!"

주저도 망설임도 없이 하즈키가 건넨 현금을 본 순간, 개구리가 밟혀 죽는 것만 같은 목소리를 내는 기사였다. 그녀의 시야에 비친 것은 천 엔도 오천 엔도 아니었다. 그 위의 액수인 만 엔 지폐였다.

만 엔에서 910엔을 뺀 차액. 대충 계산하면 구천 엔이었다.

"아, 아니아니……! 이렇게 액수가 차이 나면 아무리 그래도 거스름돈 드려야죠! 으음, 암산암산…… 으음……."

"나머지는 기사님 명함으로 받고 싶어. 다음 기회가 있다면 또 부탁할게."

"제 명함에 그런 가치는 없는데요?! 자, 자 여기요! 공짜예요!"

"고마워. ……뭐, 호의는 순순히 받아두는 거야. 동갑이기도 하니까 사양할 필요 없어."

그 명함을 양손으로 받아든 하즈키는 명함을 교환하는 요령으로 만 엔 지폐를 기사의 손으로 슥 밀어 넣었다. 명함을 교환할 기회가 수십 번, 수백 번은 되지 않았다면 절대로 할 수 없는 기술이리라. 익숙한 손놀림이었다.

"그럼 다음에 또 부탁할게."

"어, 아…… 아, 예! 그럼 사양 않고 받을게요! 이용해주셔서 감사합니다!!"

현금을 건넨 하즈키는 기사에게서 등을 돌려 택시를 떠난 뒤, 타워 아파트 입구로 다가갔다.

바깥 현관, 혼자 남은 공간에서 생각한 것은 하나.

"후우……. 기사님 입을 열게 만들려면 어떻게 해야 할까. 성실하게 일하는 분이니까 상당히 힘들겠는데."

비밀엄수 의무니까 어쩔 수 없다고 하즈키는 스스로를 납득시켰지만, 마음속으로는 아직 포기한 것이 아니었다. 그 남자에게 답례하고 싶다는 일념이 하즈키를 강하게 움직이고 있었다.

"후훗, 그걸 안 하고 이렇게나 기쁜 경험을 하다니 얼마만일까."

핸드백 안에서 카드키와 스마트폰을 손에 든 하즈키는 입구의 잠금장치를 해제하며 스마트폰 전원을 켜서 조작했다.

손을 멈춘 그 액정에 비치는 것은—— 애인 대행 서비스의 홈페이지였다.

* * * *

그로부터 이틀 뒤.

이곳은 대형 음식 체인점 상품 개발부. 12월이기도 해서 난방이 되는 사무실에서는 2, 30명 정도의 스태프가 일하고 있었다.

공기청정기가 가동되는 넓은 실내에는 큰 책상과 PC에 더해 신기종 복사기, 자유롭게 사용할 수 있는 커피메이커가 설치되어 있다.

또한 그밖에는 회의, 직원 사이의 교류, 점심 식사나 휴식 등으로 직원들이 자유롭게 사용하는, 모니터가 딸린 공간까지 겸비되어 있었다.

　그런 충실한 공간에서 어떤 여성이 남성 부하 직원이 제작한 자료를 훑어보는 중이었다.

　"흐음……. 당신, 이 자료는 잘했어. 영양 밸런스도 고려되어 있으면서 무척 맛있어 보여. 세세한 부분까지 공들여 정리하면서 잘도 마감에 맞췄네."

　"가, 감사합니다!"

　"업무 솜씨는 만점이지만, 이 자료에는 같은 점수를 줄수가 없겠어."

　"예엣?! 하즈키 야…… 매니저, 어째섭니까?!"

　한 번은 칭찬하고 그다음에는 지적한다.

　이 수법을 사용하는 여자 상사, 하즈키는 건네받은 자료를 정리하고 부하의 얼굴로 날카로운 시선을 날렸다. 부하의 발언을 놓치지 않은 것이었다.

　"당신, 나를 『하즈키 양』이라 부르려고 했지? 조금 더 따지자면 가끔씩 그렇게 부르고 있고."

　"어, 그, 그게……."

　"당신은 윗사람한테 말하는 법을 모르는 걸까."

　"그, 그그그그게 아니라 말이죠?! 우연히 말을 실수했다고 할까! 하즈키 매니저는 다정하시니까!"

　부하의 입장에서 하즈키의 존재가 점점 크게 변해갔다. 책망하는 것 같은 말투와 빨간 펜으로 책상을 두드리는 행동으로 위압감도 늘어나는 것이었다.

"정말이지. 경박하다니까, 당신은……. 뭐, 됐어. 만점이 아닌 이유를 설명할게."

"아, 예. 부탁드립니다."

하즈키도 부하도 지금 하는 것은 업무다. 금세 마음을 다잡고 진지한 분위기로 돌아갔다.

"이게 가장 큰 이유인데, 회사 입장에서도 구운 햄버그 카레 도리아 가격이 세금 제외 1350엔인 건 비싸. 우선 어떤 고객층을 의식한 걸까?"

"여성 전체입니다."

"꽤 단호하네. 잘 정리된 자료인만큼 그런 부분은 딱 맞으니까……. 그래, 질문을 바꿀게. 당신은 여성 전체의 평균 연 수입을 알고 있을까."

"전체의 평균 연 수입 말씀이십니까? 400만 엔 정도일까요……?"

"아니, 300만 엔도 채 안 될 정도야."

"어, 그런가요?! 실제로는 그 정도는 번다는 이미지가 있었는데……."

"여성은 남성과 다르게 급료 인상에 큰 폭이 없거든. 결혼이나 육아 같은 라이프 스테이지에 좌우된다는 게 큰 이유야."

"그, 그렇군요……."

하즈키는 스물여섯의 젊은 나이지만 실적과 능력이 높이 평가되어 이 부서에서 구역 매니저라는 중요한 직책을 맡고 있었다.

중요한 직책인 만큼 구역 매니저의 역할은 다방면에 이른다.

본부와 점포의 가교 역할. 매상 증가를 위한 입안, 실행, 마케팅. 적절한 점포 운영을 위한 서포트 등등.

필요한 스킬도 업무 내용과 마찬가지로 잔뜩 있었다.

분석과 숫자 관리. 정보 수집 능력에 최신 수요를 골라내는 안테나 능력. 업무 스킬에 발상력과 창조력. 커뮤니케이션 능력에 부하의 업무 상황 파악 능력 등등.

거기에 이 사람을 따라가고 싶다, 이 사람이 말한다면 열심히 하고 싶다. 그렇게 생각하게 만드는 휴먼 스킬과 결정된 일을 관철하는 진행 능력까지 필요하다.

업적이나 매상에 크게 관여하는 구역 매니저인 하즈키는 당연히 일에 엄격했다. 거칠게 말하지는 않지만 해야 할 일을 하지 않으면 엄하게 말을 던지는 것은 일상다반사. 하지만 본인은 그에 걸맞은 업무 능력을 보여주면서 잘못된 소리는 하지 않기에, 주위에서의 신뢰나 평가는 무척 높았다.

"지금의 여성 연 수입 실정을 감안한다면 내가 하고 싶은 말은 이제 알겠지?"

"1350엔의 제공 가격이라면 여성은 손을 대기 어렵다는 거……겠죠?"

"그래. 제철 채소를 넣은 이 메뉴는 정말 매력적이라고 생각해. 그러니까 제공 가격을 조금 더 낮추는 노력을 해서 고객의 주문 의욕을 높이고 단골을 만들 수 있도록 하는 게 중요하겠지. 이걸 깨닫고서 가격을 낮추려는 마음가짐이 있었다면 만점이었어."

"그렇군요……. 끽소리도 안 나옵니다."

"그렇게나 비관할 일은 아니야. 몇 번이나 하는 말이지만 이 자료는 훌륭해. 나를 하즈키 양이라고 부를 만큼은 돼."

"가, 감사합니다!"

상대도 이해할 수 있을 법한 설명. 모티베이션을 떨어뜨리지 않기 위해서 긍정도 포함하는 스타일을 형성한 하즈키.

적절한 지적은 필수 불가결이지만 그 말에 상처받아서 작업 효율이 떨어져 버린다면 결국 잔업을 시켜야만 한다. 부정적인 루프에 빠뜨리지 않기 위해서라도 개개인의 의욕이 꺾이지 않는 것을 중요시했다.

"지적하시는 부분은 알겠습니다! 그럼 바로 고쳐 올게요!"

"잠깐만. 아직 내 이야기는 안 끝났어."

"아, 죄송합니다."

상사 하즈키에게 칭찬을 받아서 기뻤으리라. 부하는 지금 당장에라도 수정하러 튀어 나가려고 했다.

"지적할 곳은 있었지만 자료 자체는 합격이야. 남은 건 내가 손을 봐둘게."

"예? 하즈키 매니저한테도 업무가 있잖아요? 그런 부담은 떠넘길 수 없습니다!"

"정말이지…… 시끄러운 소리를 하게 됐네. 벌로 당신은 커피라도 마시고 와."

"아, 아니……. 그건 벌도 아니고, 하즈키 매니저를 위해서 더욱 열심히 일하고 싶다고요—."

"후훗, 휴식이 끝나면 다음 업무를 던져줄 테니까 각오해둬."

"아, 알겠습니다! 그럼 감사히 쉬도록 할게요."

"그래. 아, 마지막으로 오른손을 내밀어주겠어?"

"오른손 말인가요……?"

갑자기 이런 소리를 해도 부하는 전혀 이해하지 못한다. 머리 위에 물음표를 띄우면서도 지시 그대로 손을 내밀었다. 그 손 위에 무언가를 툭 얹는 하즈키였다.

"자, 이거 선물. 이번에도 열심히 해줬어. 수고했어."

"아!"

하즈키는 격려의 말을 건네며 원형 초코 쿠키를 쥐여줬다. 겨우 과자 하나지만 윗사람이 노력을 인정하며 이런 선물을 준다면 기쁘기도 할 것이다.

"먹지 않고 쓰레기통에 버린다든지 그러면 용서하지 않을 거라고?"

"으으으…… 하즈키…… 양……."

"그럼 오늘의 당신에게는 잔업을 명령할까. 아직 휴식도 안 취하고 업무 방해만 하네. 하물며 또 나를…….."

"죄, 죄송합니다—!"

"후훗, 다녀와."

잔업이라는 말은 최강이면서 흉악했다. 이 단어를 들으면 누구라도 두려움에 떤다. 도망치듯이 휴게실로 달려가는 부하를 흐뭇하게 지켜보는 하즈키.

그때 또 다른 부하 하나가 말을 건네왔다.

"하즈키 매니저, 커피 드세요."

"어머, 여전히 눈치가 빠르네, 카야 씨. 마침 한 잔 가지러 가자고 생각하던 참이었어."

"그건 다행이네요. 그리고 바쁘신데 토요일 술자리에서 이야길 들어주셔서 감사합니다."

"아니, 신경 쓰지 마. 나도 즐거웠어."

빈 컵을 쟁반에 얹고 새로 따른 블랙커피를 컵 받침 위에 놓은 카야. 풀 네임은 시바 카야다.

두 사람은 상사와 부하의 관계이지만 사적인 시간에는 자주 함께 외출하는 사이였다.

"하즈키 매니저, 혹시 무슨 좋은 일이라도 있었나요?"

"어머, 잘도 알아차렸네. 잘 감추고 있다고만 생각했는데."

"확신이라기 보다는 어찌어찌 알아차린 거지만요. 혹시 괜찮다면 물어봐도 될까요?"

"그러려고 커피를 가져다주는 걸 보면 카야 씨는 머리가 참 좋아. 빚이 생기면 거절할 일도 못 하게 되잖아. 업무도 목표치 이상으로 해내고."

"하즈키 매니저와 비교할 순 없겠지만요."

노림수를 금세 간파당한 카야는 쓴웃음을 짓고 있었다. 이곳 상품개발부는 다른 사무실과 비교하면 무척 느슨한 분위기였다. 하지만 그것도 하나의 방침.

상품 개발이나 아이디어는 수많은 스태프와 대화를 나누며 생겨나고 진전되는 것이다. 어려운 분위기에서는 진행될 것도 안 되니까 하즈키가 이렇게 움직이고 있었다.

"카야 씨도 나도 아직 일이 남았으니까 간추려서 이야기하겠는데, 그걸로 괜찮을까?"

"물론이에요. 감사합니다."

업무상으로 두 사람은 당연히 거리를 유지하지만 사적으로는 술 동료였다.

그런 카야에게 하즈키는 이틀 전의 일을 이야기했다.

"토요일에 둘이서 마시러 갔잖아? 그리고 돌아가는 길이었는데, 어떤 남자한테 도움을 받았거든."

"하즈키 매니저가 말인가요……? 혼자서 뭐든 할 수 있다는 이미지가 있어서 조금 의외네요."

"무슨 소릴 하는 거야. 나도 아직 멀었어."

하즈키는 물론 감추었다. 술이 약하다는 것을. 만취해서는 땅바닥에서 잠들어버렸다는 것을.

보다시피 회사에서는 이런 캐릭터가 아니었다. 만취한 모습 따윈 누구도 상상한 적 없을 것이다.

"도움을 받은 내용에 대해서는 비밀이지만, 그 남자는 나를 도와주고는 연락처도 알려주지 않고 금세 돌아갔어.

답례를 생각하지도 않고 도와준다니 멋지잖아?"

"호오, 그건 정말 굉장하네요. 토요일이라면 브랜드 핸드백도 갖고 있었으니까 그런 상대인 건 알아차렸을 텐데."

"그런 일이 있어서 기분이 좋아. 그저 스쳐 가는 인연이 틀림없지만 사회인으로서는 아무래도 답례를 하고 싶어."

"하즈키 매니저 성격이라면 더더욱 그렇겠네요. 다만 그 남자, 살짝 걸리는 느낌이 드는데요."

만취한 그녀를 도와주었다는 진실을 이야기하지 않고서야 이런 감상이 나오는 것은 어쩔 수 없으리라.

"후훗, 하지만 정말로 다정한 남자였어. 예를 들자면 카야 씨의 남자 버전이겠네."

"저의 남자 버전이요? 아, 근데 남자 버전이라고 그러니까 제 동생이 그런 성격이긴 하네요. 정말 참한 동생이니까요."

"자, 카야 씨의 브라더 콤플렉스가 발동하기 전에 이 대화를 끝내도록 할까."

"그러네요. 또 사적인 자리에서 자랑하게 해주세요."

"그때는 제대로 들어줄게. 그럼 서로 업무로 돌아갈까."

사무실 안에서의 잡담은 이것으로 끝. 시간으로 따져도 5분 정도. 업무에 영향을 주지 않는 범위에서 잡담을 마친 것은 하루의 스케줄이 머릿속에 들어 있기 때문이었다.

이 직장은 하즈키가 중심이 되어 스케줄 그대로 원활하게 돌아가고 있었다.

그날 밤, 21시 30분.

타워 아파트 20층에 사는 하츠키는 환상적인 야경을 배경으로 어느 인물과 통화 중이었다.

"후훗. 밤늦게 미안해, 치아키 씨. 지금 시간 괜찮을까."

『괜찮고 뭐고, 이 시간에 갑자기 전화를 거는 건 좀 어떨까 싶은데 말이지요……. 게다가 웃으면서.』

"나랑 치아키 사이니까. 치아키 씨한테 말고는 이런 실례되는 짓은 안 해."

『또 나왔다, 절묘하게 기뻐할 만한 곳을 찌르는 수법. 그런 소릴 들으면 더는 아무 말도 할 수가 없잖아.』

"치아키 씨의 약점이기도 하니까."

『여전히 전략적이고 비겁해, 하즈키는.』

전화로 친근하게 이야기하는 하즈키와 치아키. 이 두 사람은 친구이기도 하고 조금 특수한 관계이기도 했다.

『하아―. 그런 하즈키를 위해서 나는 뛰어서 전화를 받으러 온 건가…….』

"그 불평은 뭐야. 신체적, 정신적인 손해를 봤다고 하고 싶은 모양인데?"

『정답일지도.』

"후훗, 여전히 가차 없다니까. 그래도 이 전화를 받으면 치아키 씨의 이익이 될 테니까 나쁘진 않겠지?"

『돈에 여유가 있는 사람은 말하는 게 다르구나, 정말.

무슨 소리를 해도 받아치니까.』

"그거야말로 비아냥거리는 소리잖아. 나보다도 돈에 여유가 있고 최근에는 특히 장사도 번성하는…… 애인 대행 서비스 회사의 대표이사님?"

『잠깐, 그런 표현은 관둬. 덕분에 어떻게든 하고 있을 뿐인데요.』

그렇다, 하즈키가 전화를 건 상대. 그것이 이 지역에서 애인 대행 서비스 회사를 운영하는 치아키인 것이다.

두 사람은 비즈니스 파트너 같은 관계도 구축하고 있었다. 이 시간에 하즈키가 전화를 거는 것도 매번 같은 이유.

『그래서 하즈키의 용건이라는 건, 애인 대행 예약을 하겠다는 거 맞지?』

"그래. 요즘 며칠은 특히 일이 바빠졌으니까 기분을 좀 풀고 싶어서."

『역시 대기업의 구역 매니저님이시네. 기대도 책임도 짊어져서 힘들겠어.』

"치아키 씨 정도는 아니야. 당신의 경우에는 직장에서 일하는 모두의 생활을 짊어지고 있잖아."

『아니아니, 나는 주위에 맡기고서 놀고만 있으니까. 그렇게 대단한 게 아니라고.』

"후훗, 왜 그런 거짓말을 하는 건지. 치아키 씨가 놀기만 하는 성격이었다면 이렇게까지 업적을 쌓지는 못했어."

하즈키의 말대로 치아키가 사장을 맡은 애인 대행 서비

스 회사는 해마다 업적을 쌓아가고 있었다. 수요가 높아지고 있는 서비스임은 물론, 대행인의 레벨이 높다고 일컬어지는 회사이기도 했다.

"게다가 정말 노는 거면 지금 이렇게 회사 업무를 진행해줄 리가 없잖아? 원래 이 시간은 예약 접수를 종료하는 시간이니까. 열심히 일하는 치아키 씨한테는 정말로 감사하고 있어."

지금 이 순간, 하즈키는 전화 너머로 머리를 숙여 감사를 전했다.

『말 참 잘하네, 정말. 역시 베테랑 대행인을 차례차례 함락시킬 만도 해.』

"또 그런 농담을 한다니까."

『농담이 아니야. 이제까지 말은 안 했지만 회사에선 하즈키를 베테랑 킬러 여왕이라 부를 정도니까.』

"그, 그 이상한 별명은 또 뭐야……. 어차피 치아키 씨가 붙인 별명이겠지만."

『정답.』

"정말이지……. 어엿한 의뢰인한테 실례야."

『그래도 잘못된 호칭은 아니거든. 이런 소리를 해도 믿지 않겠지만, 베테랑 대행인을 단 한 번의 대행으로 함락시키고 있으니까. 여성 의뢰인 중에 그런 사람은 아무도 없다고—?』

"예예. 전혀 실감 안 나거든."

하즈키는 상대의 말이 농담이라고 독자적으로 판단했지만 치아키의 말에는 거짓도 과장도 없었다. 진실이었다.

"그래서 아까 하던 얘기 말인데, 다음 대행 예약 때 치아키 씨의 추천 대행인을 소개해줄 수 있을까?"

『소개해달라고 해도, 하즈키가 베테랑 대행인을 반하게 만든 탓에 최근에는 줄어들었단 말이지……. 이제는 다른 대행이 잘 안 될 것 같은 느낌이라 스스로 물러나 버려서.』

"그래? 그렇다면 중견 쪽, 아니면 치아키 씨가 기대하는 대행인이라도 괜찮아."

『중견으로 일하는 사람이 바로 함락당하면 안 되는데…… 이런 소리 하는 건 촌스러운 짓인가. 내가 기대하는 대행인이라는 건 신인이라도 괜찮은 거지?』

베테랑 킬러 여왕 하즈키. 그 이명은 진짜다. 회사로서 대행인을 성장시키고 싶은, 안정시키고 싶은 마음이 있는 치아키의 입장에서는 당연한 요청이었다.

"가능하다면 신인은 사양하고 싶어. 신인이랑도 한 번 대행을 해봤지만 대화가 재미없었거든. ……돈을 들이는 이상, 즐거운 시간을 보낼 수 있을지 걱정이야."

『아…… 그 사람도 하즈키한테 한눈에 반해버렸으니까 용서해줘.』

"그런 낌새는 없었는데? 나를 괜히 싫어하는 것 같은 느낌이었다고."

『아무리 그래도 일을 하는 건데 절대 그런 티는 안 내지!

하즈키는 빠릿빠릿한데도 그런 쪽으로는 둔감하구나.』

"안 둔감한데."

『…….』

그렇게 곧바로 안 둔감하다고 말하는 게 둔감하다는 증거야……라는 딴죽을 걸고 싶은 치아키였지만 이야기를 진행하기 위해 마음속에 담아뒀다.

『그럼 일단 중견 두 사람이랑 보결로 신인 한 사람을 소개하면 될까? 썩 와 닿지 않으면 또 다른 사람을 소개할 테니까.』

"고마워. 그렇게 부탁할게."

『그럼 잠깐 기다려. 바로 데이터를 꺼낼 테니까.』

업무 효율화를 꾀하고자 대행인을 리스트화한 치아키. 켜두었던 PC에서 대행인 데이터를 살핀 뒤, 대표이사가 직접 소개를 시작하게 되었다.

『어디…… 중견 첫 번째, 이름은 나카가와 준. 키는 177 센티미터에 32세. 의뢰 숫자는 스물세 건이고 평점은 5점 만점에 4점. 배려와 커뮤니케이션에 뛰어나고, 강경해 보이는 인상이지만 미소를 보일 때는 무척 귀여워. 취미는 꽃집 순회. 꽤 귀여운 취미이기도 해서 여성과 마음이 맞는 경우도 많다고 해.』

"많은 숫자를 소화하는데도 평가가 높네. 그만큼 만족도도 있다는 증거일까."

『홈페이지에 나오는 소개 페이지도 하즈키한테 보냈어.』

그야말로 빠른 일 처리. 치아키가 말을 마친 순간에는 하즈키의 스마트폰으로 데이터가 전송되었다.

　　"고마워. 두 번째 소개를 부탁해도 될까. 들으면서 보내준 데이터를 확인할게."

　　『알았어. 다음이 중견 두 번째야. 이름은 카토 노보루. 169센티미터에 28세. 의뢰 숫자는 스무 건이고 이쪽은 5점 만점에 3.9점. 술을 잘 알아서 맛있는 술을 소개해준다던데. 내 감각으로는 중견 가운데서 가장 얼굴이 단정한 남성일 거야. 취미는 게임이래.』

　　"술을 잘 아는 건 매력적이네. 같이 바에 가는 것도 괜찮겠어."

　　『응응, 이 사람과의 대행지는 바가 많아. 술자리 같은 곳은 이 사람을 데려가는 것도 괜찮을지도. 홈페이지 데이터도 보냈어—.』

　　"고마워. 마지막으로 신인이네. 솔직히 기대하지는 않지만."

　　『가시가 돋혔네, 하즈키. 신인이랑 안 좋은 추억이 있는 건 알지만.』

　　그렇게 거들기는 했지만 치아키 본인도 『보결로 신인을 소개』하겠다고 했었다. 거기서 거기일 것이다.

　　『그럼 마지막으로 신인이네. 이름은 시바 료마. 키는——.』

　　"——잠깐만. 다시 한번, 이름을 말해줄래?"

　　『이름? 이름은 시바 료마인데.』

"시바 료마……."

하즈키는 모양새 좋은 턱에 손을 대고서 험악한 표정을 그리고 있었다. 이 이름은 어디선가 들은 기억이 있었던 것이다.

『왜 그래, 하즈키? 그렇게 이상한 이름은 아니라고 생각하는데.』

"아무것도 아냐. 설명 계속해줘."

하즈키는 냉정해지려고 회전식 의자를 180도 돌려서 야경으로 시선을 향하며 천천히 숨을 내쉬었다.

거리에는 자동차 라이트. 빌딩 조명에 불빛이 새어 나오는 단독주택. 전기가 만들어내는 절경이 마음을 가라앉혀 주었다.

『예—. 이름은 시바 료마, 176센티미터에 20세. 의뢰 숫자는 네 건이고 5점 만점에 4.9점.』

"어? 굉장하네, 그 신인……."

『사실 건수는 한 사람의 고정 의뢰인이 몇 번이나 의뢰한 것뿐인데, 짧은 주기로 반복해서 이런 평가 숫자라니 상당히 마음에 든 거겠지.』

"흐응."

『그리고 말이지, 이 평가 기준이 재미있는데……. 의뢰인이 자기 혼자만 만족해서 분하니까 4.9래! 하하핫, 재미있지! 회사에는 5점 만점에 5점으로 등록되어 있어!』

"……다음 정보를 가르쳐줘."

『좀 더 반응해줘도 괜찮잖아?!』

"미안해. 뒷 내용이 신경 쓰여서."

하즈키 안에 남은 하나, 만취 상태였던 몽롱한 토요일의 기억. 시바라는 이름으로 택시 회사에 전화를 걸었던 것 같은 그 남자. 게다가 나이와 키도 비슷한 것 같았다.

취기가 깨도록 물을 사주고. 여성 기사의 택시를 불러주고. 추운 가운데 수십 분이나 기다려준 남자. 그 모든 답례를 하지 못한 그와 비슷하다.

『그럼 계속할게! 의뢰인 한 사람의 감상이니까 그다지 참고가 되진 않겠지만, 시바 료마는 이야기를 잘 들어주고 거리를 좁히는 것도 능숙하다. 커뮤니케이션 능력도 있다. 의지가 된다. 취미를 긍정해주고 투정도 싫은 표정 없이 들어준다. 아니, 이 여자애, 홀딱 빠졌어, 아하핫! 마이너스 요소는 데이터에 전혀 적혀 있질 않네.』

의지가 된다. 싫은 표정을 짓지 않는다. 하즈키 안에서 조금씩 그 인물상이 합치되었다.

『뭐, 이런 느낌인데…… 어때? 중견 대행인으로 할래? 아니면 다른 중견을 찾을래?』

"치아키 씨, 그 시바 군의 프로필을 보내줄 수 있을까. 얼굴 사진이 공개되어 있다면 좋겠는데."

『공개되어 있으니까 문제는 없는데, 어쩐지 중견보다도 더 혹하네?』

하즈키가 『프로필을 보내줘』라는 소리를 꺼낸 것은 이

신인이 처음. 신기하다고 느끼며 재빨리 데이터를 보내고, 『보냈어ー』라며 치아키가 평소처럼 보고한 순간이었다.

"후후훗…… 설마설마했더니 정말로……."

사나운 웃음을 흘린 하즈키는 이렇게 선언한 것이었다.

"치아키 씨. 나, 그 시바 군을 지명할게."

『정말이지ー! 그렇게 놀리는 건 그ー만ー둬. 진짜 해버린다?』

"놀리는 거 아니야. 정말로 그렇게 말하는 거야."

『어어?! 정말로 이 대행인이면 되겠어? 내가 말하는 것도 뭣하지만 보결로 올린 신인이라고?!』

"그 사람이 아니면 싫어. 20세라서 술도 마실 수 있을 테니까 어울릴 장소에도 문제는 없어."

『으음, 전에 그 신인처럼 되더라도 난 모른다?』

"그때는 그때 나름대로 즐기기로 할게. ……그 사람이라면 그럴 일은 없을 테지만."

『응……?』

하즈키는 전송된 홈페이지로 시선을 보내며 혼잣말을 흘렸다. 전화로는 들을 수 없을 정도의 음량이었다.

"그 사람, 시바 군은 이번 주 토요일 비어 있을까."

『저녁부터라면 되겠네. 그리고 자정까지는 돌려보내는 게 조건인데.』

"그렇다면 문제없어. 그럼 토요일, 시간은 20시부터 23시까지 세 시간으로 부탁해도 될까."

『으, 응. 알았어. 그럼 그 시간대로…….』

치아키는 하즈키가 설마 신인을 정말로 선택할 줄은 몰랐기에 어안이 벙벙했지만 PC를 곧바로 조작해서 예약을 확정했다. 그러고는 잠시 잡담으로 돌아갔다가, 하즈키는 통화를 마쳤다.

"후우……."

홀로 있는 공간. 작게 숨을 내쉬며 책상 위에 스마트폰을 놓은 하즈키는 입가를 씨익 끌어올렸다.

"설마 그 사람이 이런 일을 하고 있었다니, 신기한 운명도 있는 법이네……."

야경이 보이는 유리에 반사된 부엌 테이블 위에는 만취했을 때에 받은 빈 페트병이 비치고 있었다.

시간은 흘러, 회사에서 대행 의뢰가 온 토요일.

"진정해, 진정해……."

밤하늘에 뜬 초승달을 올려다보며 료마는 약속 장소인 중앙은행 주차장에 도착했다.

오늘은 다섯 번째 대행. 하지만 다르게 표현하자면 히메노 이외의 여성과 처음으로 대행을 진행하는 날이다.

대행 시간은 20시부터. 그리고 약속 시간에 딱 맞추어서 도착한다는 대행의 기본 규칙은 이번에 달랐다.

『약속 시간 10분 전에 도착하도록』이라며 회사에서 사전 연락이 있었던 것이다.

료마는 딱히 문제도 없었으니까 이의 없이 승낙했지만, 대행 경험은 히메노밖에 없는 료마는 이것이 일반적인 일인지는 알 수 없었다. 불안을 느끼는 것은 당연한 일이었고…… 게다가 며칠 전에 회사에서 보낸 의뢰인 정보에 짚이는 바가 있었다.

"카미시로 하즈키 씨……인가."

그것이 이번 의뢰인. 키는 166센티미터이고 늘씬한 체형. 나이는 26세.

"아니, 설마……."

지난주 토요일, 밤늦게 도와준 여성과 동성동명. 키부터 체형, 나이까지도 들어맞았다.

하지만 그런 우연이 있을 리가 없다. 타워 아파트에 살수 있을 만큼의 수입이 있고 그렇게나 아름다운 여성이 이서비스를 이용할 리가 없다며, 료마는 회의적이었다.

"후우……. 쓸데없는 생각은 하지 않는 게 낫겠지……."

익숙하지 않으면서도 아는 것이었다. 이 시간은 어떤 상대가 오더라도 괜찮도록 마음을 가다듬어야 한다고. 료마도 아무런 대책도 없이 대행에 임하는 것은 아니었다. 여성에게 기쁨을 줄 수 있도록, 함께 즐길 수 있도록 공부를하고 있었다.

"좋아. 열심히 해보자."

그런 구호와 함께 뺨을 때려서 기합을 넣은 순간이었다. 료마는 완전히 허를 찔렸다.

"뭐가 『좋아』라는 걸까?"

"음?!"

아무런 전조도 없이. 귓가에서 요염한 목소리가 들리자 료마는 어깨를 움찔 떨었다. 그러고는 바람을 일으킬 것 같은 속도로 소리의 근원을 돌아보니 어느샌가 뒤에 서 있었다.

"후훗, 그렇게까지 놀랄 건 없잖아, 대행인?"

"……어."

『대행인』이라는 발언으로 료마에게 오늘의 의뢰인임을 알리는 여성이.

청회색 모자에 검은 스웨터, 빨간 타이트스커트, 검은색 타이츠를 조합시킨 늘씬한 코디네이션의 모델 같은 풍격. 일주일 전에 만취한 모습이던 아름다운 그 여성이 눈앞에…….

상황을 따라가지 못하고 눈을 사발처럼 크게 뜬 료마는 입을 뻐끔뻐끔하며 시선을 맞출 뿐이었다.

"어머, 왜 그래? 내 얼굴에 뭐 묻었을까."

"……미, 미안해요. 살짝 멍해져 버려서."

"대행은 20시부터니까 아직 스위치는 안 들어갔지? 시간은 있으니까 천천히 조절하도록 해."

"가, 감사합니다……."

대행인이 이런 행동을 취하는 것은 드문 일이리라. 그럼에도 그럴 수밖에 없었다.

료마 안에서 카미시로 하즈키라는 인물상이 완전히 붕괴하고 있었으니까.

료마가 아는 하즈키는 술에 취해서 흐물흐물한 목소리를 낸다든가 땅바닥에 다리를 뻗고서 앉아 있다든가, 나쁘게 말한다면 칠칠치 못한 인상밖에 없었다.

하지만 지금은 어떨까……. 검정에 가까운 갈색 머리카락을 깔끔히 정리하고, 스타일을 제대로 드러낸 깔끔한 복장에, 말투도 아름다워서 이제까지 느낀 적이 없을 정도로 단아한 느낌이 있었다.

멀쩡한 하즈키와 만취했을 때의 하즈키는 그야말로 다

른 사람 같았다.

　"……어, 어흠. 조금 전에는 죄송했습니다. 조금 이르지만 자기소개를 할게요."

　"후훗, 전환이 빠르네. 역시 대행인이라고 할까."

　"감사합니다."

　생각하는 바는 많지만 이것은 일. 이익을 얻기 위해서라도, 분위기를 좋게 가져가기 위해서라도 네거티브한 인상을 줄 수는 없었다.

　"그럼…… 처음 뵙겠습니다, 시바 료마입니다. 오늘은 잘 부탁드립니다."

　"카미시로 하즈키야. 잘 부탁해."

　하즈키가 손을 내밀자 한순간 료마는 당황한 기색을 드러냈지만 금세 그 손을 잡고 악수를 나누었다.

　히메노처럼 말랑말랑한 감촉이 아니라 가늘고 긴 손가락에 매끈매끈한 감촉…….

　"회사 쪽에서 연락이 갔을 테지만, 나는 시바 군보다 여섯 살 연상이야. 연상을 상대로 허물없는 말투를 사용하는 건 힘들 테니까 시바 군이 대하기 편한 말투면 돼. 오늘은 여사친 같은 거리감으로 부탁할게."

　"알겠어요. 그럼 말투는 이대로 할게요."

　『대하기 편한 말투로』라며 료마가 편하도록 넌지시 배려해주는 하즈키. 다정한 성격에 이런 외모, 게다가 정중한 말투까지. 만취했을 때의 인상이 점점 사라졌다.

또한 긴장한 상태일 때에 의뢰인 쪽에서 다가와 주는 것은 료마에게 구원 같은 느낌이었다.

"자, 그럼 자기소개도 끝났으니까 시바 군한테 질문이 있는데."

"뭔가요?"

"시바 군이랑 나는 정말로『처음』일까? 나는 너를 본 기억이 있는데."

"……그, 그런가요? 그건 하즈키 씨의 착각이 아닐까요?"

"그거 진심으로 하는 말이야?"

"물론이에요."

난처한 나머지 료마는 거짓말로 대항했다. 그것은 하즈키가 먼저 배려를 해주기도 했고, 그 이야기를 다시 꺼내는 것은 부끄러우리라는 생각에서 나온 행동이었다. 요컨대 배려의 답례였다.

게다가 그것은 일주일 전에 있었던 일. 은혜를 베풀어서 보답을 받겠다는 목적으로 도와준 것도 아니었으니까.

"어머, 그건 아쉽네. 나, 그 사람한테 도움을 받았으니까 잔뜩 보답을 하고 싶었는데. 어딘가의 누구는 자기가 먼저 나서주진 않는 걸까."

"그, 그렇군요? 미인인 하즈키 씨가 그렇게 말씀하시니 거짓말이라도 제가 나서버릴 뻔했어요. 아하하."

"갑자기 칭찬을 받게 됐네. 이야기를 돌리려는 목적이 있어서 그럴까."

"그, 그럴 생각은 아니에요…….."

남색 눈을 가늘게 뜨고서 료마의 생각을 완전히 꿰뚫어 보는 하즈키였다. 그래도 불쾌하게 생각하진 않는 것인지, 어딘가 다정한 미소도 머금어주었다.

"그럼 정말로 시바 군은 나를 도와준 남성이 아닌 거지? 이걸로 질문은 끝이야."

"그래요. 제가 아니니까 보답은 도와주신 분께 부탁할 게요."

타워 아파트에 사는 하즈키의 보답은 당연히 신경 쓰인다. 아깝다는 심정도 있지만 대행 밖에서 벌어진 일을 여기서 끄집어내는 것은 문제이리라.

대행인으로서 시험을 받고 있다고 느끼기엔 충분하고, 성공시킨다면 통상적인 시급보다도 많은 돈을 받을 수 있다. 이 유혹을 이겨내는 것은 쉬운 일이었다.

"흐응……. 그렇구나. 나는 틀림없이 너라고 생각했어."

"그, 그 표정은 뭔가요."

"아직 어린데도 허투루 볼 수 없다고 생각했을 뿐이야."

입을 가볍게 삐죽거리며 풍부한 표정으로 귀엽게 불만 스럽다는 얼굴을 만드는 하즈키.

만취했을 때에 도와준 남성, 그것이 눈앞에 있는 료마라고 확신하기에 지금의 배려는 마음이 따뜻했다. 그와 동시에 어떻게든 자백하게 만들고 싶다며 벼르는 사회인 하즈키이기도 했다.

"저기—, 그럼 다른 이야기를 하겠는데⋯⋯. 오늘 행선지는 바가 맞나요? 회사 쪽에서는 그렇게 연락이 와서."

"그래. 시바 군은 스무 살이니까 조금 정도는 마실 수 있겠지?"

"예, 조금은. 그래서 일단 제 나름대로 가게의 규칙은 조사해봤는데⋯⋯. 그렇더라고요, 음⋯⋯."

성인이 되고 아직 1년도 지나지 않은 료마는 이런 가게에 온 적은 없었다. 문턱이 높은 장소임에는 틀림없는 것이었다.

"후훗, 그렇게 긴장 안 해도 괜찮아. 그 가게는 내가 자주 신세를 지는 곳이고, 분위기가 그렇게 딱딱한 장소도 아니니까."

하즈키는 당연하다는 듯이 말했지만 료마의 입장에서는 경험치의 차이를 절실하게 느낀 순간이었다.

"감사합니다. 그 가게는 여기서 가까운가요?"

"여기서 도보로 10분에서 15분 정도일까. Shine이라는 가게인데, 비밀기지 같은 가게니까 아는 사람은 적거든."

"오⋯⋯ 그건 기대되네요."

"그럼 가볼까. 안내할게."

"예, 부탁드릴게요."

그렇게 하즈키 옆에 붙어서 목적지로 향하는 두 사람.

손을 잡거나 팔짱을 끼는 액션도 없지만 "즐겨봐요"라며 여유 있는 어른의 미소를 지을 수 있는 료마였다.

Bar Shine까지 가는 길. 도중에 겨울의 냉기를 맞닥뜨리게 되었다.

"하즈키 씨, 춥진 않나요? 보기에는 옷이 조금 얇은 느낌인데요."

"후훗, 내가 춥다고 그러면 따뜻해 보이는 그 머플러를 빌려주는 걸까."

"물론 그럴 생각이에요. 뭣하면 상의도."

"헌신적으로 대해주는구나. 하지만 그랬다가는 시바 군이 춥겠지."

"저는 추위에 강하니까 괜찮아요."

"그건 부럽네. 다만…… 추위에 강하다고 해도 참는 건 마찬가지잖아?"

"그건 그렇지만, 하즈키 씨가 기쁘다면 저는 만족하니까요."

"까불기는. 하지만 고마워. 내가 사양하지 않도록 『추위에 강하다』 같은 대응을 해줘서."

"무슨 말을 하는지 모르겠어요."

"후훗, 그럼 지금 그건 내 혼잣말로 흘려들으면 돼. 어차피 시바 군이 가장 잘 알 테니까."

"그, 그렇지는……."

너무나도 간단히 꿰뚫어 보는 하즈키. 그녀는 직장에서 구역 매니저라는 큰 역할을 담당하고 있었다. 사람을 보는 눈, 관찰안(觀察眼)은 평범한 사람의 범주를 벗어나서 료마가 도저히 당해낼 수 없는 영역에 있다.

"……."

"……."

잠시 침묵이 생기고, 이때 료마가 알아차렸다.

"아니, 그렇게 이야기 돌리시기예요?! 하즈키 씨는 춥지 않나요?"

"설마 알아차릴 줄이야……, 후후. 그렇게까지 오래 걷는 건 아니니까 괜찮아. 처음부터 참을 수 있는 복장으로 골라서 왔으니까."

꾸미기 위해서 추위를 참는 것은 당연하다고 이야기하는 하즈키. 실제로 이런 사고방식에 여성들은 크게 공감하겠지만 그것이 전부가 아니었다.

"여성은 몸이 쉽게 차가워지니까 참는 건 안 돼요. 오지랖처럼 느껴지겠지만 모쪼록 자신의 몸을 소중하게 여겨주세요."

"……."

료마의 가족은 이제 누나밖에 없다. 이런 가정환경이 하즈키를 상대로도 강한 마음을 전할 수 있는 이유다.

"첫 대면인 남자의 머플러를 두르고 싶지는 않을 거라 생각하니까 상의…… 이 코트를 입으세요."

"정말이지, 그렇게 말해버리면 입는 것 말고 다른 선택지가 없잖아……."

"억지를 들어줘서 고마워요. 그럼 몸이 차가워지기 전에 사양 말고 걸치세요. 저는 히트텍도 입어서 그렇게까지 춥진 않으니까요."

료마는 재빨리 롱코트를 벗더니 옷깃 부분을 들고 하즈키에게 건넸다. 부담을 주지 않도록 가능한 한 자연스러운 미소를 그리고서.

"고마워. 소중히 입을게. 추위에 강한데도 어째선지 히트텍을 입고 있는 시바 군?"

"저, 추위에 강하다고 그랬던가요?"

"그런 식으로 시치미 떼는 게 능숙하네, 시바 군은……. 그럼 사양 않고 걸치도록 할게. 솔직히 조금 추웠으니까."

"제 키를 생각하면 조금 클 것 같긴 하지만, 그건 이해를 부탁할게요."

"나도 여성 중에 키는 큰 편이니까 그렇게까지 헐렁헐렁하진 않을지도…… 어, 후훗, 정말이네. 소매에서 손끝밖에 안 나와. 자, 시바 군도 봐."

하즈키는 여성치고는 평균보다 키가 크지만 175센티미터를 넘는 료마와는 옷이 한 치수 달랐다.

조금 우습다는 듯 입가를 끌어올린 하즈키는 유령 같은 포즈를 취하며 소매에서 손등이 나오지 않는다는 사실을 어필해 보였다. 민들레색의 예쁘고 어른스러운 네일 아트도 함께 드러내며.

"……아."

우아하고 요염한 분위기를 가진 하즈키가 그렇게 귀여운 모습을 보여주자 그 차이에 시선을 빼앗기는 료마.

"있지, 이러고서 귀신이다~ 같은 소릴 하면 좀 귀여워 보이지 않을까?"

그런 하즈키가 갑자기 장난스럽게 행동했다. 하즈키는 눈썹 모양을 재주 좋게 여덟 팔자 모양으로 바꾸는가 싶더니 핑크색 혀를 내밀며 귀신 흉내를 내는 것이었다.

지금, 생각했다. 이것이 하즈키가 남자를 함락시키는 하나의 무기일 거라고. 말로 표현할 수 없는 감상이 넘쳐나고, 리액션을 취할 수가 없었다.

그것은 하즈키를 시무룩하게 만드는 것만이 아니라 수치심을 흘러넘치게 하는 대응이 되고 말았다.

"귀, 귀신…… 귀신……."

목소리가 점점 줄어드는 하즈키는, 손과 머리를 천천히 아래로 내리고…… 그대로 코트 단추를 잠그기 시작했다.

"조, 좀 반응해줘도 되잖아……. 스물여섯 살 먹고 할 짓이 아니라는 건 안다고."

"미안해요……. 너무 귀여워서 그만……."

나중에서야 덧붙이는 것 같은 감상이 되어버렸지만 실제로 그렇게 느꼈다. 이것만큼은 빠져들 법한 행동을 취한 하즈키에게도 잘못이 있으리라.

"그렇다면 다음에는 좀 더 빨리 반응해줘. 알겠지."

"알겠어요."

불완전연소된 하즈키에게 예상치 못한 사전통지를 듣고 더더욱 마음을 다잡아야만 하게 된 료마는 이때 떠올렸다.

"저기, 이제 와서 말하는 것도 그렇지만 하즈키 씨 옷, 어른스러운 느낌이라 멋지네요. 코트를 빼고 봐도 정말 어울렸어요."

"고마워. 그러면 코트를 벗고 다시 한번 보여줄까?"

"그러면 빌려준 의미가 없어져 버리잖아요. 가게 안은 따뜻할 테니까 그때 또 보여줘요. 정말로 어울려서 제가 옆에 있다는 게 이상할 정도이긴 하지만요."

"정말이지……. 아직 어리니까 자학적인 방식으로 칭찬하는 건 별로 좋지 않아."

"예?"

"『내가 옆에 있다는 게 이상하다』, 이거 말이야. 시바 군이야말로 충분히 멋진걸. 어차피 이런 대사는 이미 익숙할 테지만."

"익숙하다니, 아니에요……. 감사합니다……."

료마는 그것이 빈말임을 금세 깨달았지만 카운터처럼 말이 돌아오자 기뻐질 수밖에 없었다.

"시바 군은 지금 스무 살 맞지?"

"맞는데, 뭔가 신경 쓰이는 점이라도 있었나요?"

"실례로 받아들인다면 미안하지만, 그 나이에 대체 얼마나 여자를 상대했던 걸까. 아까 그런 말이 그냥 툭 튀어나왔을 리가 없는걸."

"어, 어어―…… 그런가요. 제가 말하고도 깜짝 놀랐어요."

"후훗, 그게 뭐야."

실제로 여성에게 익숙한 것은 아니었다. 정확히 말하자면 익숙한 척 가장하고 있을 뿐.

이런 대사도 누나인 카야에게 조언을 받고, 일을 제대로 할 수 있도록 연습해 온 것이었다.

"어쩐지 종잡을 수가 없네, 시바 군은. 가공의 인물에게 공을 떠넘기는 점도 포함해서 보기 드문 타입이야."

"딱히 그렇진 않은데요? 보통이에요."

"일단 나한테 거짓말한 건 제대로 실토하게 만들어줄 테니까 각오해."

이 시점에서 그 일을 다시 끄집어낸 하즈키는 억양 없는 목소리로 나무랐다. 마치 성우처럼 완벽한 음색 변화. 조금 거리가 줄어든 참에 한 번 더 공격하겠다는 의도가 있었던 것이리라.

"다시 한번 말하겠지만 날 도와준 건 시바 군, 너지?"

"아니에요."

"자백한다면 보답을 해줄 텐데?"

"보답이고 뭐고 도와준 건 제가 아니니까―."

책임감 있는 하즈키와 대행인으로서 가진 료마의 고집이 맞부딪쳤다.

"―어라, 이 이야기는 이세 안 하겠다고 하즈키 씨가 그랬죠?"

"윽, 정론으로 여성을 괴롭히다니 너무해. 대행 회사에 이야기할까."

"아니, 괴롭힌 적 없는데요?!"

"차라리 그냥 울어버릴까. 아무것도 솔직히 말해주질 않는다고."

"그건 비겁해요……. 아니, 애당초 제가 아니니까 울어도 대미지는 없어요."

물러날 수 없는 부분은 물러나지 않는다. 그것이 이 두 사람의 특징이기에 어떤 의미로 상성도 좋을 것이다.

그러고는 이야기가 끊어지는 일 없이 계속 담소를 나누며 목적지로 걸음을 옮기기를 수십 분.

하즈키는 료마의 어깨를 툭툭 두드리고는 움직임을 멈췄다.

"이쪽이야, 시바 군."

하즈키가 갑자기 방향을 전환하는가 싶더니 그대로 어스름한 뒷골목으로 향했다. 솔직히 말해서 그다지 다가가고 싶지 않은 분위기의 장소다.

"정말로 이쪽인가요?"

"후훗, 여기서 거짓말을 해서 무슨 소용인데. 따라와."

이 길에 익숙한 것이리라. 헤매는 기색도 없이 뒷골목을 걸어가기에 료마도 그 뒤를 따랐다.

그 뒷골목을 빠져나와서 바로였다.

"여기야."

하즈키가 검지로 가리킨 장소에는 2층으로 올라가는 자그마한 계단이 있고, 그곳을 들여다봤더니 Open이라고 적힌 작은 판자가 유리문 손잡이에 걸려 있었다.

언뜻 봐서는 영업을 하는지도 알 수 없을 정도의 가게였다.

"어쩐지 정말 아는 사람만 아는 가게란 느낌이네요……."

"처음에는 들어가기 어렵겠지만 내가 서포트해줄 테니까 안심해."

"아하하, 어쩐지 미안하네요."

"신경 쓰지 마. 시바 군이랑 대화를 나누는 것만으로도 충분히 즐기고 있어. 오늘은 만족할 만한 시간을 보낼 수 있겠어."

"그건 저도 그래요. 여러모로 고마워요."

"후훗, 그럼 들어갈까. 안에서 몸을 데워야지?"

"그러네요."

밖이 추워서 그런 걸까, 하즈키는 손짓으로 재빨리 인도해주었다.

료마에게는 처음인 곳이지만 하즈키의 인품과 의지가 되는 인성에는 정말로 도움을 받고 있었다. 오늘의 의뢰인이 하즈키가 아니었다면 이렇게나 마음의 여유가 생기지는 않았으리라…….

Shine. 그 가게 안은 료마에게 이공간 같았다.

가게 안은 양초 불빛만으로 적절하게 어둡고, 몇십 년인가 전에 유행했을 법한 재즈 피아노 음악이 천장의 스피커에서 부드럽게 흐르고 있었다.

카운터에는 아름다운 셰이커가, 그 안쪽의 벽에는 위스키, 브랜디, 리큐르 등 각양각색의 술이 진열되어 있다.

희소가치가 있어 보이는 병은 대형 디스플레이식 선반에 놓여 있고, 전시용 수납이기도 한지 깔끔하게 정리된 상태이다.

숨은 가게인 만큼 가게 안의 손님은 하즈키와 료마뿐. 술을 제공하는 장소다운 인테리어에 차분한 분위기가 감돌았다.

"어떤가요, 료마 씨. Shine에 온 감상은."

료마에게 말을 건네는 것은 가게의 정장을 멋들어지게 소화한 젊은 남성 바텐더였다.

"아, 아하하…… 솔직히 익숙하지가 않네요. 혹시 무언가 실례되는 짓을 저질렀다면 죄송합니다."

"아뇨아뇨. 예법이나 매너는 신경 쓰지 마시고, 맛있게 드신다면 그걸로 충분합니다. 이 말은 오늘, 저한테 일을 떠넘기고서 가족들과 단란한 시간을 보내고 있는 마스터의 말버릇이지요."

그는 싱긋 미소 지으며 상사에 대한 야유를 흘렸지만 표정은 무척 다정했다. 마치 그게 일을 떠넘기기에 충분한 이유라는 것처럼.

이 가게의 마스터와 신뢰 관계를 맺고 있기에 하는 말이라는 것은 쉽게 헤아릴 수 있었다.

"이 술, 마시기 편해서 정말 맛있어요."

"감사합니다. 앞으로 술을 드실 기회도 늘어나실 테니까 그때는 부디 저희 가게를 이용해주시길."

"예, 알겠어요."

바텐더는 처음인 료마를 배려하듯 교묘한 화술로 긴장을 풀어주었다. 마음을 편하게 만들어주는 능력이리라.

"잠깐만? 빈틈을 노리고 우리 시바 군한테 영업하지 말아줄래? 한패로 여겨지면 나도 미움받을 거 아냐."

"그건 죄송합니다만 이것도 일이니까······."

"그렇게 욕심부려서 손님을 잔뜩 끌어들이려고 하니까 벌을 받아서 팔이 부러진다든지 그러는 거야."

"잠깐만요. 그거랑 이건 다른 문제잖습니까."

바텐더와 료마가 대화를 마무리하는 타이밍을 단단히 지켜보던 하즈키는 이 타이밍에 화제를 제공했다.

임팩트 있는 내용일수록 료마도 대화에 끼어들기 편해진다. 친숙해질 수 있도록 바로 손을 쓰는 하즈키였다.

"어? 손님 때문에 팔이 부러진 적이 있나요?"

"손님이라 부르기에 걸맞지 않은 상대지만, 사실입니다. 8년도 더 전의 일이네요."

"그때 이야기, 무척 로맨틱하다고."

"로맨틱······이라고요?"

팔이 부러진 것이 어떻게 로맨틱으로 이어지는지, 아무런 정보도 모르는 료마는 눈을 크게 뜨며 뒷이야기를 재촉했다.

　"저기, 카미시로 씨. 이런 식으로 제 과거를 손님에게 퍼뜨리는 탓에, 이렇게 도와주러 들어온 날에는 매번 누군가에게 놀림을 당하는 입장이 되어버렸는데요."

　"그 불평은 이 가게를 몰래 연애 스폿으로 만들려고 하는 마스터한테 해줄래? 나는 퍼뜨려도 된다는 허가를 받은걸."

　"본인에게 허가를 받지 않는 건 횡포라고요……. 료마 씨도 그렇게 생각하시지 않습니까?"

　"여기까지 이야기가 나왔으면 시바 군도 신경 쓰이겠지?"

　"어……."

　갑작스럽게 선택을 강요당하게 된 료마였다.

　두 사람의 물음에 고민에 고민을 거듭했지만, 아군으로 붙는다면 물론 이 사람밖에 없었다.

　"미안해요, 저는 하즈키 씨 편으로 부탁할게요. 그 이야기가 아무래도 신경이 쓰여서……."

　"자, 그러니까 이야기해도 괜찮겠지?"

　"이렇게 제가 거절할 수 없는 상황에만 허가를 얻으려고 하시니 참……. 마음대로 하시죠."

　료마가 하즈키 쪽에 붙으면서 이 대 일의 구도가 만들어졌다.

분위기가 가라앉을 법한 행동은 취하지 않으려는 것일까, 어깨를 으쓱인 그는 금세 깔끔하게 납득한 표정을 지었다.

"후훗, 그럼 사양하지 않을게."

오렌지색 롱 칵테일을 목으로 흘려 넣은 하즈키는 기분이 좋아진 듯이 입을 열었다.

"본인이 말했다시피 8년 전의 일인데, 이 가게에는 간호학과에 다니던 학생 단골이 있었다고 해. 그 여성은 마침 시바 군이랑 같은 스무 살이었어."

"저랑 같은 나이에 단골이었나요……."

"그 여성은 외모도 성격도 멋졌다고 했지? 그 당시부터 이 가게에서 아르바이트를 하던 누구 씨?"

"……부정하진 않겠습니다."

그는 이쪽으로 등을 돌리고서 잔을 닦고 있었지만 대답만큼은 해주었다. 과거 이야기를 제삼자의 이야기로 들으니까 역시나 부끄러운 것이리라.

"이렇게 부정당하지 않는 게 당연할 정도라서 말이지, 그 여성은 다른 대학생한테도 고백을 받을 정도로 인기인이었어. 그리고 누구 씨가 아르바이트하는 날에는 반드시 여길 찾았고, 같이 외출을 할 정도로 거리가 가까워졌다고 해."

"그렇군요. 그러니까 그 여성은 바텐더 씨가 마음에 들어서 이 가게를 방문하기도 했던 거군요."

"그렇지."

연애 이야기라는 것은 남녀 모두 즐길 수 있는 장르. 료마는 흥미진진한 반응을 보였지만 여기서부터 전개가 변하게 된다.

　"하지만…… 두 사람의 관계는 순조롭지 않았어. 그 여성이 인기가 있어서 그런지 스토커 피해를 당하는 바람에…… 이 가게가 그 사건 현장이기도 했어."

　"예?! 여기 말인가요……?"

　"그래. 그 스토커는 그 사람이 정말로 마음에 안 들었다던 모양이야. 손님인가 싶었더니 가게 안에서 마구 날뛰어서, 몇 개월 동안은 영업을 정지해야만 할 정도의 손해가 발생했어."

　8년이라는 세월이 흘렀기 때문인지, 가게 안을 보면 그때의 흔적은 전혀 없었다. 『무슨 농담이야』 같은 말로 흘려보내는 상대가 있어도 이상하지는 않겠지만, 하즈키의 표정이나 이 사건의 피해자가 말을 막지 않는 모습에서 진실임이 증명되었다.

　"여기서 아까 하던 얘기로 되돌아가는데, 단골 여성을 감싼 결과로 바텐더 씨는 오른팔이 부러지는 큰 부상을 당하고 말았지."

　"그, 그렇군요. 스토커 쪽은 완전히 자멸을 각오했던 건가요……."

　사랑이란 때로는 사람을 미치게 만든다. 그것이 현실이 된 사건이리라.

스토커가 저지른 일에 대해서는 전혀 동정할 수 없지만, 큰 부상에 영업을 정지해야만 하는 사태에 빠진 시점에서 대참사였음은 틀림없다.

"그래서, 뼈가 꽤 심각하게 부러지는 바람에 입원하게 되고, 매일 그 여성이 병문안을 오게 되었어. 나중에 들은 이야기로는 입원하길 잘했다며 행복하게 말했다지."

"아……. 그렇다면?"

"그래. 짐작대로, 그 일을 계기로 무사히 맺어진 두 사람은 8년 동안 계속 사귀고 있다는 모양이야."

"그렇게 된 거였군요. 마스터가 이 가게를 연애 스폿으로 만들려고 하는 의미도 알겠어요."

"어, 아니아니…… 부끄럽기 그지없습니다."

바텐더의 옆얼굴은 평소 그대로였지만 천으로 닦는 유리잔이 뽀득뽀득 소리를 울렸다. 지나치게 닦는 그 모습은 틀림없이 동요를 미처 감추지 못하고 있었다. 이런 부분이 상대를 편하게 만들어주는 요소 중 하나로 이어지는 것이리라.

"저기, 이런 질문은 촌스러운 짓이겠지만…… 8년 동안 사귀셨다면 결혼 예정은 없나요?"

"후훗, 그렇냐는데?"

"그렇군요. 그 사람도 이제는 일이 안정되었으니까 올해 크리스마스에 프러포즈를 할 예정입니다. 하하…….'

"아! 굉장하네요. 응원할게요."

"자랑스러운 여자친구인걸. 여자친구를 위해서 여성 손님을 전부 성으로 부르는 걸로 바꿨을 정도로."

"음—. 이 이야기는 이제 그만하죠! 슬슬 두 분의 술도 줄어들 테니까 준비할게요. 다음은 카시스 계열로 갈 테니까."

카운터 너머에서 허둥지둥 다음 술 준비에 착수하는 바텐더. 처음에 보이던 차분함이 완전히 사라져버릴 만큼, 여자친구 이야기를 꺼내는 것에 약한 모양이었다.

"후훗, 일편단심이라니까 도망치네. 게다가 우리 요청도 무시하고 술을 만들다니 바텐더답지 않지, 시바 군?"

"아, 아하하……."

하나가 되어서 그를 더욱 놀리는 것도 재미있을 테지만 이 이상 지독해지지 않도록 쓴웃음으로 넘기는 료마였다.

대행 중인 료마는 바텐더를 동정한 것이었다. 이렇게 놀림의 대상이 되었을 때를 상상하고서.

"그럼 마지막으로 이것만 말해둘까. 저 사람이랑 여자친구, 입장이 계속 역전되어서 엄청 재미있는 관계야."

"입장……이라고요?"

"그게, 보통은 저 사람이 리드한다고 그러지만 밤에는 여자친구한테 잔뜩 휘둘린다는 거야."

"허?!"

"잠깐만요?! 무슨 말씀을 하시는 겁니까!"

갑작스러운 어른의 이야기에 넋이 나가버린 료마. 게다가 가장 큰 피해자인 바텐더는 술병을 든 채로 카운터에서 몸을 내밀어 제지하려 들었다.

"오늘도 일을 마치면 여자친구가 마중 나와서 거기로 갈 거잖아? 아, 끌려간다고 해야 할까."

"어떻게……. 카미시로 씨는 대체 어디서 그 정보를?! 제 여자친구랑 카미시로 씨는 연락처 교환도 안 했을 텐데……."

"후후훗, 미안해. 그 반응, 정곡을 찔러버린 모양이네."

"……."

그 발언을 들은 순간, 바텐더는 진지한 표정으로 변했다. 한편 해냈다며 싱글대는 표정인 하즈키는 뺨을 주홍빛으로 물들이고서 만족스러워했다.

술에 취하지 않은 하즈키라면 이런 대화는 하지 않았을 것이다……. 이것이 술의 무서운 점.

"……카미시로 씨. 넘겨짚으셨군요."

"확인할 것까지도 없지 않을까."

"하아. 당했습니다……."

하즈키는 거나하게 취한 상태였지만 밀당의 강함과 예리함은 여전하다.

"료마 씨. 이런 여성에게는 모쪼록 주의를 기울이시길. 저처럼 되어버리면 늦으니까요."

"예…… 주의할게요."

"이런 여성이라니 실례잖아…… 정말."

얼굴을 새빨갛게 물들이면서도 진지하게 호소하는 바텐더. 이만큼 설득력이 느껴지는 이야기도 없었다.

"아, 그러고 보니 안 물어봤네. 시바 군한테 여자친구는 없어?"

두 잔째 술을 마시기 직전. 하즈키는 사적인 부분을 건드렸다.

그냥 이야기를 이어가려는 의도도 있을 테지만 이건 좋은 경향이었다. 료마라는 한 사람의 인간에게 다소나마 흥미를 가진 것이니까.

이런 사적인 이야기야말로 거리감을 부쩍 좁힐 수 있는 찬스였다.

"여자친구는 없어요. 오히려 여자친구가 있었다면 이런 활동은 못 하죠."

"어머, 나는 틀림없이 여자친구한테 뭔가 선물을 하려는 건가…… 그렇게 생각했어. 여성에게 무척 익숙한 것 같기도 하니까."

"즐기면서도 필사적으로 매달리는 것뿐인데요? 익숙한 게 아니에요."

"후훗, 정말 빤히 보이는 농담이네. 그런 걸로 누님은 못 속여."

알코올은 서서히 효과를 발휘하는 모양이었다. 하즈키는 빤히 보일 정도로 상기되었지만 술을 더욱 흘려 넣고 있었다.

"그래도…… 훌륭하네, 시바 군은. 이렇게나 어린데도

71

제대로 돈을 벌려고 하는걸."

베테랑 킬러 여왕이라 불리는 하즈키가 『익숙하다』라고 단언하는 것은 쾌거이지만, 당사자는 열심히 하즈키에게 따라가고 있을 뿐이다.

"훌륭하다고는 못 하겠죠. 그저 허세를 부리고 싶다는 사소한 이유도 있으니까요."

료마가 돈을 벌고 싶은 것은 스스로 학비를 내기 위함이면서, 누나 카야에게 부담을 주고 싶지 않기 때문.

이걸 누군가에게 밝히면 『훌륭하다』라고 할 것이다. 하지만 료마는 요만큼도 그렇게 생각하지 않았다.

자립하기 전에 부모님이 타계했고, 복잡한 가정환경이기에 당연한 일이라 생각했다.

"허세라면 어떤?"

"으음………… 돈에는 전혀 곤란하지 않다는 어필, 같은 느낌일까요?"

일반적으로는 불편함 없는 생활을 보낼 수 있다고 해도, 가정 사정을 이야기하면 분위기는 자연스럽게 무거워져 버린다.

료마는 가능한 한 정답과는 동떨어진 대답을 선택했다.

"후훗, 어쩐지 귀여운 비유를 꺼냈지만 그것도 훌륭한 일이라고? 어쨌든 노력한 사람만이 얻을 수 있는 법이고, 돈을 버는 것에 사소한 일이라는 것도 없어. 그렇지, 바텐더 씨?"

"아까 떠보신 일이 있으니까 부정하고 싶은 심정밖에 없습니다만, 반론이 떠오르지 않는군요. 정말 그렇다고 생각합니다."

그는 료마와 하즈키가 둘이서 대화할 때에는 소리를 최소한으로 줄이고 일을 했다. 방해가 되지 않도록 고려했던 거겠지만, 하즈키가 먼저 말을 건네니 대화에 들어왔다.

이런 이 대 일의 구도는 좋은 쪽으로도 나쁜 쪽으로도 굴러간다.

공격을 당할 때에는 무척 성가시고, 이렇게 논의를 할 때에는 무척 유용해진다.

"어쩐지 스스로가 무척 어린아이로 느껴졌어요. 역시 사고방식이 다르네요."

"스무 살은 성인이긴 해도 어른의 첫걸음인걸. 내가 봤을 때는 아직 미숙해."

"그렇다면 제 입장에서 카미시로 씨는 두 살 연하니까 미숙하겠군요."

"잔에 들어 있는 얼음, 던져버릴까."

"그때는 마스터에게 보고할 텐데 괜찮을까요. 일개 점원에게 싸움을 건다면 출입금지는 확실하겠죠."

"으……."

카운터에서 나와 손님용 테이블을 닦고 있는 그는 의연한 태도로 날카로운 눈빛을 날렸다.

넘겨짚기에 당한 앙갚음이리라. 밤에 여자친구에게 휘

둘린다고는 생각하기 힘들 정도로 멋진 카운터였다.

"자, 이렇게 짓궂은 소릴 하는 누구는 무시하고 둘이서 마시자. 이제 대화에 끼워주진 않을 거니까."

"그건 아쉽군요. 잔이 비었을 때에는 사양 말고 불러주시길."

"……고마워."

"별말씀을."

뾰로통한 태도이면서도 제대로 감사를 전한 하즈키에게 바텐더도 부드럽게 대답했다. 옆에 있는 료마는 어른의 대응과 하즈키의 귀여운 모습을 제대로 목격했다.

"아, 그렇지. 시바 군은 지금 스무 살이라고 했는데, 사회인으로 일하고 있는 걸까?"

"아뇨, 대학생이에요. 내년이면 3학년이 돼요."

"……어머, 이 일을 하고 있으니까 틀림없이 그런 쪽인 줄 알았는데. 부모님이 용케 허락해주시는구나. 학생이라면 좀처럼 허락을 얻기 힘든 일이잖아?"

일반적인 알바라면 모를까 애인 대행은 도저히 그에 들어맞지 않는다. 대인 트러블도 많은 알바니까 허가를 못 받는 경우가 대부분. 학생이면서 대행 회사에 적을 둔 사람은 드문 것이 그 증거다.

"그게 말이죠, 허락을 받은 게 아니거든요. 가족한테는 비밀로 몰래 하고 있어요."

"어? 그거 괜찮아?"

"아하하…… 아무리 생각해도 괜찮다고는 못하겠네요. 혹시 들킨다면 찍소리도 못 하는 정도가 아니라 집에서 쫓겨날지도 몰라요. 가족의 규칙이 있어서 보고, 연락, 상담은 절대적이라……."

가족마다 각각의 독자적인 규칙이 있을 것이다. 료마의 경우에는 이 세 가지. 특히 학업에 영향이 미칠 법한 일을 알리지 않는 것은 허락되지 않는다.

"시바 군의 성격을 보면 약속은 지키는 타입일 테니까, 가족에게 이야기해도 기각당한다고 판단해서 그런 선택을 한 걸까?"

"그렇죠. 이유까지 이야기하긴 그렇지만요. 저랑 엇갈릴 때가 있어서……."

"시바 군의 마음은 충분히 알겠지만, 나라면 가족 편에 붙을래."

"……저도 그래요. 반대 입장이라도 그렇게 할 거예요."

"그렇다면 시바 군 자신에게 물러날 수 없는 이유가 있는 걸까."

"예. 이것만큼은 절대로."

물러날 수 없는 이유라는 것은 학비 이야기뿐. 누나 카야에게 부담을 주고 싶지 않다는 일념으로 이 알바를 계속하고 있지만, 여기서부터 료마는 알게 된다. 시급이 높은 이 알바의 무서운 점을 말이다.

"나는 그 이유를 파고들진 않겠지만, 각오를 제대로 가

75

져야 해. 알고 있을 테지만 이 일은 트러블이 정말로 많아. 그것도 혼자서는 대처할 수 없을 법한 트러블이."

"예를 들면…… 같은 걸 물어봐도 될까요? 솔직히 실감이 안 나서……."

"후훗. 알았어. 다만 불평만큼은 하지 않도록 부탁할게."

"불평?"

"그래, 불평이야."

마치 료마 쪽에서 재촉하기를 노렸던 것만 같은 하즈키는, 그렇게 주의를 환기하며 파란 눈을 요염한 분위기로 가늘게 떴다. 그리고 그대로 오른손으로 뺨을 괸 뒤.

"읏?!"

주저 없이 왼손을 료마의 허벅지로 뻗어서 부드럽게 얹는 것이었다.

"아니?!"

"조용. 들키겠어."

료마가 소리를 높이려고, 저항하려고 하자 윙크를 해서 관심을 돌린 하즈키는 허벅지에 얹은 손을 선정적으로 쓰다듬기 시작했다. 게다가 가늘고 긴 다리까지 휘감으려 들었다.

"후훗, 대단하네."

"아, 아니…… 저기, 이건."

아슬아슬한 곳까지 손으로 더듬는 하즈키를 상대로 당황해서는 식은땀이 맺힌 료마. 료마는 몸을 비틀어 손을

떼어내려고 했다.

두 사람은 돈으로 엮인 사이인 만큼, 과도한 접촉은 대행 규칙으로 금지되어 있다. 이것은 반드시 선을 그어야만 하는 일이다. 제대로 의지를 내보이지 않는다면 대행인으로서 실격.

"……하즈키 씨, 그 이상은 사양하겠어요."

그렇게 강한 말을 던지면 도리어 넘어가 버린다는 것도 료마는 알지 못했다.

"그러네. 갑작스럽지만 이 일은 회사에 전달할까. 시바 군이라는 대행인은 가족에게 비밀로 하고서 이 일을 한다고."

"예?!"

뇌리에서 그 말을 이해했을 때, 료마는 두 눈을 부릅뜨고서 석화된 것처럼 움직임을 멈췄다.

"분명히 계약서에는 반드시 합의를 얻으라는 내용이 적혀 있었을 테지."

"……윽."

"게다가 나, 대행 회사 사장님이랑 아는 사이이기도 해. 그 사장님은 보수적인 사람이기도 하니까 가족에게 연락을 해서 허가를 받도록 움직이든지, 허가를 얻을 때까지 시바 군을 명부에서 지우겠지. 이 업계는 트러블도 다수 발생하니까 대행인을 지키기 위한 수단으로."

"……."

"그러니까, 몰래 일을 한다는 사실이 발각된다면 시바

군에게 가장 무서운 일이 벌어지지 않을까…… 그렇지?"

달변으로, 료마가 도망칠 길을 완전히 막아버리듯이 발언하는 하즈키는 악마 같은 미소를 그렸다.

"이 일을 발설하길 바라지 않는다면 나한테 저항하지 않을 것. 내 지시에는 전부 따를 것. 자, 시바 군은 어느 쪽을 선택할까."

정중하게 선택지를 던져도 무어라 대답할 말이 전혀 없었다. 순순히 따를 수밖에 없었다. 그만큼 두려운 일이 가족에게 들키는 것이니까…….

"알겠어요……. 따를게요."

카야의 성격을 알고 있기에 『나도 돕고 싶다』 같은 변명은 통하지 않는다는 것은 안다. 애초에 가족 규칙을 완전히 무시하고 이미 일하는 중이라는 것이 문제이기도 했다.

"후훗, 그럼 대행 시간이 끝나면 한밤중까지 나랑 놀까. 가족한테는 데이트가 있다는 걸로 연락하도록 부탁할게."

하즈키는 허벅지 안쪽을 살며시 위로 쓰다듬고 어른의 표정으로 명령했다. 아름답기도 하고 무시무시하기도 해서, 료마는 창백해진 표정으로 천천히 고개를 끄덕였다. 우열이 정해진 그 순간——,

"뭐, 이런 걸까."

"예?"

하즈키의 음색이 바뀌고, 허벅지에 얹은 손까지 물려주었다.

"그 얼빠진 표정은 뭐야……. 그러니까 이게 트러블의 예시 중 하나야. 대행인보다도 의뢰인의 입장이 강해져 버리면 그저 의뢰인의 지시에 따를 수밖에 없게 돼. 혼자서는 대처할 수 없는 트러블을 연기한 거야."

"아……. 연기력이 굉장해서……."

"아무리 그래도 연하인 아이를 괴롭히진 않고, 사회인이니까 그런 건 제대로 분별하고 있어. 다만 한 가지 확실하게 말할 수 있는 건, 대행인이라면 아무리 신뢰하는 의뢰인이 상대라고 해도 약점을 드러내서는 안 돼. 한 번이라도 허를 찔린다면 지금처럼 그저 당하는 꼴이 되어버릴 테니까."

"가, 감사합니다……. 정말로 공부가 되었어요."

료마는 정말로 운이 좋은 것이리라. 악의가 없는 히메노가 단골이 되어준 것만이 아니라 두 번째는 이런 부분까지 주의를 해주는 하즈키가 의뢰인이 되어줬으니까.

혹시 하즈키 이외의 상대와 데이트를 했다면 지금 같은 일이 벌어졌을지도 모른다. 대행 경험이 미숙한 료마에게 이 일은 큰 성장으로 이어지는 것이었다.

"시바 군은 다정하니까 특히 걱정이야. 그렇게 말해준 것도 자기 정보를 꺼내서 나랑 거리를 좁히려고 한 거겠지?"

"아하하……. 들켰나요."

"정말이지……. 시바 군 같은 대행인과 만나는 건 정말로 처음이야. 거의 필사적이잖아."

"그런 부분을 파고들 줄은 몰랐어요. 다만 이번 일로 정말 공부가 되었어요."

"그렇다면 나도 알려준 보람이 있네. 돌이킬 수 없는 트러블을 막기 위해서 제대로 익혀둬야 된다?"

"감사합니다."

그 대답에 하즈키가 다정한 표정을 지어주었기에 료마는 기뻤다. 마음이 점점 따뜻해졌다.

그 후로는 술자리가 진행되며 두 사람의 거리도 점차 가까워졌다. 이야기는 끊임없이 계속 이어졌다.

료마도 가볍게 취기를 느낄 즈음, 하즈키의 얼굴도 상당히 붉어져 있었다. 술에 약한 것이 누구냐고 묻는다면 틀림없이 하즈키 쪽에 손을 들어줄 것이다.

"하즈키 씨. 저도 사적인 질문을 하나 해도 괜찮을까요?"

"그래, 내가 대답할 수 있는 질문이라면."

"그럼 사양 않고……. 저기, 하즈키 씨는 어째서 이 서비스를 이용하시는 건가요? 솔직히 남자친구는 어렵지 않게 만들 수 있을 것 같아서…… 그렇죠?"

알코올로 가볍게 사고가 둔해진 료마는 평소라면 절대로 던지지 않을 질문을 입에 담았다. 하지만 이것은 막 만났을 때부터 의문스럽게 느끼던 것.

정말로 드문 일이리라. 모델처럼 아름답고 고급 아파트에 사는 여성이 돈을 내어서 애인 대행 서비스를 이용하는 경우는.

"그 질문은 의뢰인을 기분 좋게 만들려는 매뉴얼일까? 다른 대행인도 같은 질문을 했는데."

"제 생각이지만 저처럼 느낀 분이 많을 거라 생각해요. 만났을 때도 이야기했지만 하즈키 씨는 아름답고, 제 약점을 쥐고서도 주의를 건네어주고……. 그렇게 인성도 좋은 분이 어째서 이걸 이용하는가 싶었어요."

칭찬하는 부끄러움을 의문이라고도 할 수 있을 호기심이 눌러준 덕분에 술술 말이 나왔다.

"그러네. 이제까지 대행인한테는 가르쳐주지 않았지만 제대로 서두를 떼고서 물었으니까 시바 군한테는 특별히 가르쳐줄게."

"특별?"

"그래. 다른 대행인은 『왜 의뢰했어?』 같은 식으로 마구 파고들었으니까. 시바 군이랑 다르게 단계를 거치지도 않고."

"그런 경우도 있나요……."

하즈키의 입에서 터무니없는 발언이 나왔다. 료마 입장에서는 의뢰인의 프라이버시를 파고든다는 사실은 충격적이었다.

아니, 하즈키가 상대이기에 관계를 진전시키고 싶다는 사욕이 드러난 것일지도 모른다.

"그러니까 시바 군은 그 성격 그대로 있어줘. 그 편이 기쁠 테니까."

"무, 물론이에요."

"하던 얘기를 마저 하자면, 내가 대행 서비스를 이용하는 이유는 단순히 일이 애인이니까야. ……학생인 시바 군은 그다지 공감할 수 없는 이야기라고 생각하지만."

"일이…… 애인? 그건 그 말의 의미 그대로겠죠?"

"그래. 이 서비스를 이용하는 이상, 남자친구는 원하고 결혼에 대한 바람도 있지만 일이 바쁘니까 사적인 시간을 만들 수가 없어."

하즈키는 유리잔에 담긴 보라색 술을 가볍게 입으로 옮기고 말을 계속했다.

"나, 전에는 남자친구가 있었지만 그 사람은 한 달 만에 이별을 고했어."

"한 달?! 하즈키 씨가 상대인데도 말인가요……?"

"물론 내가 잘못한 거야. 헤어지는 날의 마지막까지 만날 수 있는 날을 못 만들었으니까. 예정을 세워도 새로운 일이 들어온다든지…… 정말로 마지막 순간까지 그 사람을 상처 입히다니 최악이었지."

"……."

위로를 하고자 료마는 열심히 머리를 굴렸지만 이 화제에 대응하는 것은 지극히 어려운 기술이리라. 아무렇게나 말을 건네었다가는 하즈키에게 더욱 상처를 줄 뿐이니까.

"깊이 이야기해봐야 재미없으니까 대략적으로만 이야기하겠지만, 이게 이유야. 과거의 실패를 되풀이하지 않기 위해서 나는 이 서비스를 이용하고 있어. ……역시 누군가를 상처 입히는 건 최악이지. 그걸 알면서도 경솔하게 행동해버린 나는…… 더는 할 말도 없어."

"하즈키 씨……."

성실하고 양심적인 하즈키이기에 경솔했던 행동을 용서할 수 없는 것이리라. 단언하는 말투, 그것이 모든 것을 이야기했다.

"그래도 여기까지 왔으니까 조금 더 이야기해볼까."

"어, 예?"

"일이 애인이라고 그랬지만 솔직히 그것도 힘들거든. 시바 군한테는 말하지 않았지만 나는 직장에서 윗사람이라, 입장 때문에 엄한 말을 해야만 할 때가 있어. 아무리 말투를 조심해도 상대를 상처 입히고 말아. ……그게 어제 벌어진 일이야."

"어제……."

위로의 말인가, 동정의 말인가, 아니면 나무라는 말인가.

하즈키가 어떤 말을 원하는지 료마로서는 알 수 없었다. 재치 있는 말조차 떠오르지 않았다.

다만 술의 힘이 있기에 하즈키의 약한 소리를 들을 수 있는 것이리라. 취하지 않았을 때에는 전혀 그런 느낌은 없었으니까.

"그러니까 쓸쓸해졌을 때라든지, 즐거움을 느끼고 싶을 때라든지, 기분 전환할 때라든지, 일이 힘들어졌을 때에 이 서비스를 이용하는 거야. 무거운 기분으로 일과 마주하면 주위에도 영향을 미치니까."

"그런…… 거군요."

료마도 물론 그 말의 의미는 알 수 있었지만 윗사람의 입장에서 일해본 적도 없는 만큼 공감할 수가 없었다. 이상하게 조언했다가는 도리어 불쾌하게 만들고 말 것이다.

애인 대행이면서 아무것도 할 수가 없다는 미숙함에 분한 심정이 부글부글 치밀어 올랐다.

이때, 『만족시킬 수 없다』『보수가 줄어들고 만다』 같은 감정은 없었다.

대화가 끊기지 않도록 술로 도망치려고 했을 때.

료마는 우연히, 시야 구석으로 포착했다. ──상반신을 좌우로 흔드는, 이상한 움직임으로 자신을 주목하게 만들려고 하는 이 가게의 바텐더를.

눈만 움직여서 시선을 맞추자 그는 갑자기 이런 제스처를 반복하는 것이었다.

팔을 앞으로 내밀고 거기에 머리가 있는 것처럼 『쓰다듬는』 그런 행동을…….

"……?!"

그 의미를 이해한 료마는 숨을 삼켰다. 『그건 못 한다고요!』라고 전하듯이 고개를 살짝 내저었지만,

『위로해주고 싶지 않습니까?』

팔짱을 낀 그는 진지한 표정 그대로 아이콘택트로 호소했다.

『그, 그렇지만 싫어한다든지 그러지는…….』

『믿어주세요. 지금 카미시로 씨의 얼굴을 보면 압니다.』

검지로 살며시 하즈키를 가리키는 바텐더. 그에 이끌리 듯이 고개를 움직이자 얼굴에 그림자를 드리우고서 침울 해진 표정의 하즈키가 보였다.

그녀는 침묵한 채로 자신만의 세계로 들어간 듯 잔에 든 칵테일을 돌리며 시선을 밑으로 향하고 있었다.

『다음 판단은 료마 씨에게 맡기겠습니다.』

『……알겠어요.』

그에게 고개를 끄덕이고 료마는 심호흡. 하즈키를 위로 해주고 싶다는 강한 그 마음으로 각오를 다졌다.

"하즈키 씨, 잠깐 실례할게요."

료마는 앉은 채로, 카운터 테이블을 따라서 취한 몸을 가까이 댔다. 그리고…… 쭈뼛쭈뼛 오른손을 뻗어서 하즈 키의 머리를 다정하게 만졌다.

"웃."

놀란 듯이 소리 높이면서 기세 좋게 고개를 이쪽으로 향 하는 하즈키를 보고 료마는 미소 지으며 손을 움직였다.

매끄럽고 풍성한, 솜사탕같이 예쁘고 부드러운 머리카락 은 손에 익었다. 계속 만지고 싶을 정도로 찰랑찰랑했다.

"하즈키 씨."

료마가 다음 말을 입 밖으로 꺼낼 때까지의 시간은 2초.

"항상 일하느라 고생 많으세요. 그래도, 지금은 저랑 놀고 있으니까 힘든 일은 잊어주셨으면 해요. 제가 리드할 수 있도록 열심히 할 테니까."

솔직히 말해서 하즈키에게는 그저 리드를 당할 뿐이었지만 이 마음은 정말이었다. 이것이 료마가 할 수 있는 최선.

"⋯⋯."

"⋯⋯."

하즈키는 파란 눈동자를 이쪽으로 향하고서 머—엉하니 있었지만, 그동안에 료마는 하즈키의 머리에 얹은 손을 멈추지 않았다.

"시바⋯⋯ 군."

올려다보는 구도에서 시선을 피하고, 입에 손을 대며 얼굴을 붉힌 하즈키는 가만히 당하면서 이름을 부르고⋯⋯ 뚱한 표정 그대로 말을 건넸다.

"그, 그럴듯한 소릴 하잖아⋯⋯. 연하 주제에⋯⋯."

"아하, 하하⋯⋯."

하즈키의 음색을 듣고 기분이 상했을지도 모르겠다며 걱정이 된 료마는 이 정도로 손을 떼려고 했다.

하지만 그것은 기우였다.

"시바 군이 그렇게 말한다면⋯⋯ 조금 더⋯⋯ 계속해줘도 돼⋯⋯."

"웃?!"

그렇게만 말하고 하즈키는 눈을 꼭 감더니 쓰다듬기 편하도록 부드러운 몸을 료마에게 다정히 기대는 것이었다.

"뭐야, 지금 그 반응…… 싫다고 그러지는 않겠지."

"아, 아니…… 아무것도 아니에요."

새빨개진 두 귀를 머리카락으로 가리는 듯한, 그러면서도 드센 하즈키에게 료마는 평온을 가져다주었다.

그렇게 몇십 분이 지났을까.

"새액, 새액……."

하즈키는 카운터석에서 규칙적인 숨소리를 내고 있었다. 업무의 피로에 스트레스와 술. 이 세 가지가 영향을 미쳤음은 틀림없으리라.

"카미시로 씨, 잠들어버렸나요."

그 타이밍에 말을 건네는 바텐더였다.

"……그러네요. 조금 전에는 서포트 고마워요. 그 지시가 없었다면 전혀 움직이지 못했을 거예요."

"개의치 마시길. 사실 그런 식으로 지시를 내린 건 료마 씨가 처음이지만요. 아, 료마 씨는 다른 걸로 한잔하시겠습니까?"

잔이 비어 있는 것을 알아차린 그는 부드럽게 제안했다.

"저기, 그럼 진저에일을 부탁해도 될까요? 이 이상 술을 마셨다가는 하즈키 씨를 돌봐주는 게 힘들어질 것 같아서…… 미안해요."

"그건 현명한 판단이군요. 알겠습니다."

아직 술에 익숙하지 않은 료마는 이미 네 잔의 술을 마셨다.

체온이 올라가고 맥박도 빨라진 것을 알 수 있을 정도. 이 이상 마셔버리면 정상적으로 행동할 수는 없으리라는 자기 판단이었다.

하즈키와 애인이라면 모를까, 료마는 그저 대행인. 술 따위로 실수를 저지를 수는 없다.

"그건 그렇고 카미시로 씨는 어지간히도 료마 씨를 신뢰하시는군요. 카미시로 씨가 주무시니까 드리는 말씀입니다만."

"그런가요? 저는 그렇게 생각하진 않는데……."

얼음이 든 진저에일을 카운터에 내며 이야기를 건네는 바텐더에게 반론했다. 어디를 어떻게 보고 신뢰한다고 생각했는지 의문이었던 것이다.

"카미시로 씨는 남성과 방문하실 때, 술은 반드시 두 잔까지만 드시니까요. 게다가 빨리 마무리를 하시니까 이렇게나 오랜 시간 계시는 것도 솔직히 놀랐습니다."

"예? 오늘은 다섯 잔 정도 마신 것 같은데……."

"료마 씨와의 대화가 즐거워서겠죠. 좀 더 말하자면 만취하더라도 아무 일 없을 거라는 신뢰가 있어서 그렇다고 봅니다만 어떻습니까? 후자 쪽은 료마 씨에게 무언가 짚이는 바가 있으리라 추측하는데요."

"……그, 글쎄요. 아하하……."

추측이라고는 하지만 확신하는 것 같은 모습에 료마는

완패했다. 말을 얼버무려서 부정하는 분위기를 풍겼지만 하즈키가 만취했을 때에 도와줬다는 사실이 확실하게 존재했다.

마시는 양을 조절하지 않는다는 상황 하나로 여기까지 간파할 수 있는 것은 하즈키의 성격을 알기 때문이기도 하고, 그의 감이 좋다는 증거이기도 하리라.

"그 반응에 안심했습니다만, 어느 정도의 판단거리가 없다면 그런 제스처를 취하진 않았습니다. 혹시 카미시로 씨가 싫어하기라도 한다면 저한테도 책임이 있으니까요."

"그러고 보면……. 바텐더님께도 리스크가 있던 일이군요."

"물론이죠. 하지만 생각했던 것 이상으로 효과는 있었나 봅니다."

그는 어린아이를 보는 것처럼 따스한 눈빛을 하즈키에게 보낸 뒤, 료마에게 시선을 향했다.

"……카미시로 씨는 술에 취했을 때, 거의 매번 일에 대한 반성이나 실패 이야기를 입에 담습니다. 조금 더 주위를 봤어야 했다든지, 조금 더 다르게 화를 냈다면 상처를 주지 않았을지도 모른다든지. 그럴 때에 어떻게 위로해주길 바라는지 넌지시 알고는 있었습니다만, 제게는 여자친구가 있으니까 그럴 수는 없어서……."

하즈키가 잠든 것을 기회로 바텐더는 사적인 정보를 차례차례 가르쳐주었다. 그중에서도 공언해서는 안 되는 것은 제대로 판별하고 있는 것이리라.

"그러니까 오늘은 간접적으로 할 수 있어서 다행입니다. 그렇게 응석을 부리는 하즈키 씨도 볼 수 있었으니까 다음에 놀릴 거리가 늘어났군요."

"아, 놀리는 건 적당히 해주시길 부탁하고 싶네요……."

"료마 씨가 그렇게 말씀하신다면 어쩔 수 없군요. 알겠습니다."

료마는 냉정하게 이야기를 듣고 있었지만 『응석을 부리는 하즈키 씨』 같은 말을 들은 것만으로도 심장이 큰 소리를 내며 두근대고 말았다.

아직 손에 남아 있는 하즈키의 부드러운 머리카락 감촉. 인형처럼 몇 번이든 만지고 싶을 정도의 감촉에 비누 같은 샴푸 냄새가 남아 있었다.

"카미시로 씨는 일이든 사적인 자리든 마음을 놓지 않는 성격이시니까 리드를 당하면 당할수록 기쁘다고 느끼실지도 모르겠군요."

"제 실력으로 하즈키 씨를 리드하는 건 힘들다고요……."

료마로서는 지위도 경험도 다른 상대를 리드하는 것은 무척 마음이 무거운 일이지만, 그런 행동을 취할 수 있게 되는 것이 하즈키를 가장 기쁘게 만드는 일일 것이다.

"……그래도 료마 씨는 그렇게까지 부담을 가질 필요가 없다고 생각합니다. 무리하지 않아도 괜찮습니다."

"그러면요?"

"솔직히 말씀드려서, 그렇게나 친근하게 누군가를 대하는 하즈키 씨를 보는 건 처음이었습니다. 꾸며낸 웃음이 아니던 것도 포함해서 말입니다. 료마 씨와는 정말로 즐거운 시간을 보내셨다고 생각합니다."

"그렇게 생각하시나요?! 상대가 하즈키 씨라 그런 건 영 알 수가 없어서……."

"꾸며내는 태도가 능숙하니까 확실히 어렵기는 하겠지만, 오래 놀림을 당하다 보니 분위기로 알 수 있지요."

"정말 그렇다면 바라던 바이지만……."

"자신감을 가지시길. 어쨌든 다름 아닌 하즈키 씨를 상대로『항상 일하느라 고생 많으세요. 그래도, 지금은 저랑 놀고 있으니까 힘든 일은 잊어주셨으면 해요. 제가 리드할 수 있도록 열심히 할 테니까』같은 이야기를 할 수 있었으니."

"잠깐?! 어떻게 토씨 하나 안 틀리고 다 기억하는 건가요……!"

"직업병이라고 할까요. 놀리려는 게 아니라 솔직히 멋있었습니다."

"그, 그건…… 감사합니다……."

연상의, 게다가 어른인 바텐더에게 솔직하게 칭찬을 받는 경험은 좀처럼 없는 일이다. 부끄러운 심정을 숨기려는 듯이 료마는 가게 안에 있는 시계로 시선을 향했다.

시각은 22시 10분. 앞으로 50분이면 오늘 의뢰는 종료된다. 계산을 위해서라도 슬슬 하즈키를 깨우는 편이 좋겠다며 손을 뻗었을 때였다.

"아, 료마 씨. 시간에 여유가 있다면 10분 정도만 더 주
무시게 해주시지 않겠습니까. 기분 좋게 주무시는 것 같으
니까."

"예?"

"혹시 그렇게 해주신다면 오늘 비용은 무료로 해드리겠
습니다. 카미시로 씨를 위해서라고 하면 어떨까요."

"괘, 괜찮나요? 이런 경우에는 대신해서 지불해야 하
는 게······."

"연상의 호의는 순순히 받아주세요. 그래 봐야 제가 부
탁을 드리고 있는 거지만요."

"······."

애인 대행 이외에도 료마는 서점에서 알바를 하고 있다.
돈을 버는 것이 얼마나 어려운지 잘 알고, 신세를 진 이상
무료라고 그러는 것은 역시나 마음에 걸렸다.

그런 심경을 꿰뚫어 보는 것이 바텐더. 아니, 오히려 이
전개를 노린 것 같았다.

"그렇군요. 그런 마음이 드신다면 제 부탁을 하나 들어주
시지 않겠습니까? 그걸 이번 비용으로 받도록 하겠습니다."

"고마워요. 그러면 마음이 편해지겠어요······."

바텐더의 부탁을 들어줄 수 있다면. 료마는 그렇게 승낙
했지만 요구는 예상치도 못한 것이었다.

"그럼 오늘은 택시를 이용하지 말고 카미시로 씨를 바래

다주십시오. 집은 그렇게 멀진 않은 모양이니까 부탁드리겠습니다."

"태, 택시를 이용하지 말고요?! 왜 또……."

"료마 씨가 말씀하셨으니까요. 『그래도 지금은 저랑 놀고 있으니까 힘든 일은 잊어주셨으면 해요. 제가 리드할 수 있도록 열심히 할 테니까』라고."

"어, 아……."

바텐더의 얼굴이 제대로 속아 넘겼다는 표정으로 점점 바뀌었다. 『그런 말을 했던가요?』라며 도망칠 수는 없을 것 같았다. 그는 하즈키 편이었던 것이다.

"택시로 지름길을 이용해버려서야 카미시로 씨를 슬프게 만들 뿐이겠죠. 함께 오셨으니까 마지막까지 즐겁게 만들어주시길."

그것은 하즈키의 심정을 정확하게 이해하고 있는 것만 같은 말투.

"저기, 하즈키 씨는 잠들어버릴 정도로 취했으니까 택시를 부르는 게 본인에게도 낫지 않을까 싶은데요……."

"그건 안심하셔도 됩니다. 카미시로 씨에게 제공한 술은 알코올 도수를 통상적인 술보다 낮게 만들었으니까요. 혹시 몰라서 설명을 드리겠는데 이건 카미시로 씨의 요청이니까 위법성은 없고, 만취하지 않도록 조정했습니다."

"그, 그럴 수도 있나요……."

"단골의 특권이기는 하지만요. 도수를 바꿔버리면 클레

임으로 발전하는 경우도 있으니까."

술을 제공한 그가 이렇게 주장하고 있다. 그리고 하즈키는 이 가게의 단골손님. 알코올을 어디까지 섭취해야 하는지 파악하고 있는 것이리라. 료마에게 반론의 여지는 사라졌다.

"깨어났을 땐 제대로 정신이 있으실 것 같으니, 마지막까지 카미시로 씨를 즐겁게 해주시길. 혹시 힘들어 보인다면 택시를 부르는 방향으로 하신다면 어떨까요. 그게 오늘 계산 대신입니다."

"알겠어요. 정말 감사합니다."

"어쩐지 죄송하네요. 이런 역할을 떠넘겨버려서."

"그렇지 않아요. 하즈키 씨랑 외출하는 건 정말로 즐거우니까 오히려 행운일지도 모르겠어요."

"행운일지도……인가요. 『일지도』의 의미를 여쭤 봐도 될까요?"

"바텐더님은 하즈키 씨도 즐기고 있었다고 말해주셨지만, 저로서는 그다지 반응이 없어 보였어서…… 말이죠. 게다가 하즈키 씨는 다정하니까 미숙한 저를 배려한 게 아닐까, 하는 생각도 들고요."

"호오?"

"역시 하즈키 씨가 가장 즐겨주시는 게 기쁘고, 저로서는 그게 다행이에요."

이것은 애인 대행을 하고 있기에 싹튼 감정이 아니라 고

생하는 하즈키의 입장을 알기 때문……이었다.

술을 마시고 약한 모습을 보인 하즈키는 솔직히, 보고 있을 수가 없을 만큼 고뇌를 드러내고 있었다. 그것을 어떻게든 떨쳐내어 주고 싶은 료마였다.

"하핫, 그런가요 그런가요. ……카미시로 씨는 멋진 남성을 붙잡은 모양이군요."

"아니, 어, 평가를 올리고 싶다든지 그런 게 아니라고요?! 아, 술의 영향일까요. 평소에는 이런 소린 안 하는데……."

"오늘은 료마 씨와 만나서 정말 좋았습니다. 같은 남자로서 본받아야 할 이야기도 들었고요."

남자 사이의 대화. 하지만 바텐더만큼은 어떤 방향으로 한순간 시선을 돌렸다.

"훗."

그리고 그는 료마가 알아차리지 못하도록 몰래 미소 지었다. 료마의 본심을 직접 듣고는 깼지만 깰 수가 없게 된, 어떤 여성을 향해서.

취기가 돌기도 해서, 료마의 대답이 그 어떤 말보다도 마음에 울리던 여성은 희열과 수치심을 감추듯 여전히 규칙적인 숨소리를 내고 있었다.

"감사합니다. 또 방문해주시길 진심으로 기다리겠습니다."

문까지 배웅을 받고 바텐더의 차분한 목소리를 들으며 료마와 하즈키는 바 Shine을 뒤로했다.

"하즈키 씨, 기분이 나쁘다든지 그렇지는 않나요? 아, 눈치가 없어서 미안해요. 혹시 그렇다면 바로 택시를 부를 테니까요."

"……고마워. 괜찮으니까 걱정하지 마."

료마는 자신과 바텐더의 대화를 하즈키가 들었다는 것을 모른다. 모르기 때문에 『눈치가 없다』 같은 변명을 했다. 그것은 자신의 평가를 깎아내리고 마는 발언이지만, 『즐거웠으면 좋겠다』라는 료마의 본심을 아는 하즈키로서는 가슴이 따뜻해지는 말일 뿐이었다.

"난 술에 강하거든. 술꾼이거든."

"그, 그렇게 허세를 부릴 것까지야……. 조금 전까지 잠들어 있었으니까 설득력은 없는데요?"

"정말인데?"

"거짓말은 하지 마세요."

"……정말이야."

"그럼 어째서 그랬는지 물어봐도 되나요?"

"다, 단순히 일 때문에 지쳤을 뿐이야. 따, 딱히 시바 군이 머리를 쓰다듬는 게 기분이 좋아서 그랬다든지, 그런 건 아니니까."

더는 파고들지 못하도록 고개를 홱 돌리는 하즈키.

본심과는 반대임을 알아차리기에는 충분한 반응이지만 료마는 그렇게 느끼지 않았다.

"아하하……. 그러네요. 역시 하즈키 씨라면 금세 알아차리네요. 제가 머리를 쓰다듬는 게 익숙하지 않다는 것 정도는."

"응?"

료마가 둔감하지 않다면, 츤데레라고 불리는 상대와 한 번이라도 엮인 적이 있다면 이 대답은 전혀 달랐을 것이다. ──물론 이어지는 하즈키의 발언도.

"시바 군. 혹시 말이지, 지금 굉장히 실례되는 생각을 했지?"

"예……?"

"지금 뉘앙스, 나는 누구한테나 머리를 허락한다는 식으로 느꼈는데."

"……"

"침묵은 긍정이야. 정말로 실례라니까."

"아, 아니…… 그런 게 아닌데요?"

"솔직히 말하겠는데 나, 이성 중에서는 아버지 말고 머리를 허락한 적 없어. 이런 나이이기도 하고."

"예?! 그런가요?! 근데 사귀셨던 경험이……."

어릴 적부터 계속 인기 있는 하즈키. 이것이 료마가 가진 인상이었던 것이다. 이제까지 잔뜩 사귀면서 그런 경험은 했으리라 생각해버리는 것도 무리는 아니었다.

"그렇다고 해서 애인다운 일을 할 때까지 관계를 유지했다고 단정하진 마."

"허, 허어……."

"왜 그렇게나 놀라는 거야. 정말…….."

이번에는 입술을 삐죽이는 하즈키였다. 걸음걸이도 커뮤니케이션도 위화감은 없지만 술의 힘은 아직도 남아 있을 것이다. 사적인 이야기를 많이 해주었다.

술의 도수를 낮게 만들었어도 취하지 않는 것은 아니다. 항상 두 잔으로 그치는, 술이 약한 하즈키가 오늘은 다섯 잔이나 마셨으니까.

"그렇게 실례되는 시바 군한테 중요한 걸 하나 가르쳐 줄게."

하즈키는 그러더니 아름다운 얼굴을 가져다 댔다. 그리고 유리구슬처럼 예쁜 하늘색 눈동자에 료마를 비추며 윤기 있는 입술을 여는 것이었다.

"있잖아, 확실히 나는 이성과의 놀이에는 익숙하지만 싸구려 여자는 아니야. 어른의 행위를 하는 것도 아니고 간단히 접촉을 허락하는 짓도 안 했어."

그렇게 서두를 뗀 하즈키는 하늘을 올려다보며 휘청거리지도 않고 걸음을 멈췄다.

"그러니까 이렇게 말하겠는데…… 시바 군. 너는 나한테 터무니없는 실수를 저질렀다는 걸 모르고 있겠지."

"터무니없는 실수? 그, 그런 짓을 저질러버렸나요?"

"시바 군이 모를 리는 없어. 회사 쪽에서 정한 대행인의 규칙을."

"……읔."

그 순간, 료마는 입을 다물었다. 시선을 좌우로 움직이며 눈을 깜박이는 횟수가 이상하게 늘어났다. 그 말에 터무니없는 실수를 알아차렸기 때문이다.

"윤리적인 부분을 완전히 무시했거든, 시바 군. 머리를 쓰다듬는 것 같은 스킨십을 할 때에는 반드시 의뢰인 측에 허가를 받았어야 하지 않을까."

"예⋯⋯. 그러네요."

"좀 더 말하면 손을 잡는 것, 팔짱을 끼는 것까지가 회사의 허용선. 그 이상은 반드시 의뢰인에게 허가를 받아야 하는 일. 내가 아버지한테만 머리를 허락했다는 건 대행인이 그러도록 두지 않았다는 거야."

"죄송해요. 정말로 실례했습니다⋯⋯."

"잊어버렸다는 걸로 그칠 문제일까, 이거."

"어⋯⋯."

말할 수 없다. 말할 수 있을 리가 없는 것이다. 그게 바텐더가 지시한 일이라고는.

애당초 실행한 것은 전부 료마였다. 지금 이 순간까지 대행 시의 규칙을 까맣게 잊고 있었다. 이 시점에서 책임은 료마에게 있다.

"변명은?"

"못 합니다."

"흐응."

할 수 있을 리가 없다. 변명을 하는 것만큼 보기 흉한 짓은 없으니까.

"변명을 못 할 리가 없잖아? 시, 시바 군이 그랬잖아, 나를 리드할 수 있도록 열심히 하겠다고."

"어, 아……."

료마는 허둥지둥 입을 열려고 했지만 하즈키가 선수를 쳤다.

"그런 말을 해줬는데, 시바 군은 나랑 오늘까지만 놀아줄 생각이야?"

하즈키는 슬픔을 드리운 얼굴로 말했다.

"나는 이 일을 책망할 생각은 전혀 없어. 애당초 나도 료마 군의 허벅지를 만지거나 과도한 접촉을 해버렸으니까……. 그, 그게 아니라 나는 걱정하는 거야. 시바 군이 다른 의뢰인의 함정에 걸려들어서 그만두지는 않을지. 시바 군이 나를 위로해주려고 머리를 쓰다듬었다는 건 알아."

책망할 생각은 없다. 그 말은 사실이리라. 하즈키는 전혀 화가 난 기색은 없었다. 그러기는커녕 여전히 가라앉은 표정이었다.

"실제로 있거든. 시바 군처럼 마음이 다정한 사람을 이용하는 의뢰인이. 일부러 규칙을 깨도록 만들고 강하게 클레임을 걸기 위해서 증거까지 준비하는 의뢰인이. 증거가 있을 땐 의뢰인 측에서 의뢰비와 회사의 중개료를 전액 환불받는다는 구조를 노리고. 시바 군도 들은 적은 있겠지?"

"예……. 회사 쪽에서요."

"이건 다정한 대행인일수록 걸려드는 함정이야. 이 자리에서 먼저 말하겠는데, 다음 대행도 나는 시바 군을 지명하겠어. 그러니까 다른 의뢰인에게 규칙을 깼다가 제적당할 법한 짓은 절대로 허락하지 않아."

"하, 하즈키 씨……."

이런 말을 듣고서야 료마는 간신히 이해했다.

하즈키는 규탄할 생각으로 규칙 위반을 추궁한 것이 아니라고. 걱정하는 심정으로 누차 말해주는 것이라고.

"알겠어? 나랑 약속해줘. 혹시 약속해준다면 오늘 일은 서로 없었던 걸로 하자."

"정말 고마워요. 알겠어요."

"후훗, 부탁할게. 오늘은 의뢰비만 지불하겠지만, 혹시 다음에 제대로 이 약속을 지킨다면 용돈을 잔뜩 줄게."

"괜찮나요? 즐겁게 해드릴 수 있을지 모르겠는데……."

"그렇다고 마음을 놓는다면 물론 회사에 불만 사항을 이야기하겠지만, 어느 정도는 받아들여. 사회인인 내가 시바 군에게 할 수 있는 일은 이런 것뿐인걸."

"아하하……. 그럼 감사히 받도록 할게요. 그 대신, 데이트가 재미있도록 노력할게요……."

"그래, 다음에도 열심히 리드해줘."

하즈키가 책망의 스위치를 내리자 금세 밝은 분위기로 돌아오고, 둘은 어쩐지 마음이 통한 것처럼 소리 없는 웃음을 나누었다.

"그런데 시바 군. 지금은 어디로 가는 걸까. 나, 행선지를 못 들었는데."

"어디라니. 하즈키 씨 집인데요? 의뢰 시간도 슬슬 다 됐고, 좀 취하셨다고 생각되니까 제대로 바래다 드리게 해 주세요. 이 시간에 여성 혼자서 돌아다니는 건 위험하기도 하니까요."

하즈키가 타워 아파트에 산다는 사실을 알고 있었기에 안내 없이도 집으로 바래다줄 수 있다. 행선지는 바 말고 전달받은 게 없기에 집에 바래다주는 흐름이 되었다.

당연한 흐름을 따랐지만 여기서 자폭하고 말았다.

료마는 계속 말했다. 토요일에 도와준 것은 자신이 아니라고.

"후후, 드디어 정체를 드러냈구나, 시바 군. 긴장 상태에서 안심하면 가드가 느슨해지는 법이지. 기분은 알아."

"……예? 아……."

한 걸음, 아니, 두세 걸음이나 하즈키는 위에 있었다. 완전히 뒤처졌다고 진심으로 생각했다.

하즈키는 대행 규칙을 깨뜨린 것에 주의를 쏠리도록 해서 복수의 목적을 달성했으니까.

첫째. 료마가 앞으로 잘리지 않도록 위기감을 주는 것.

둘째. 다음에도 의뢰하는 것.

셋째. 핵심이기도 한, 도와준 당시의 일을 자백하게 만드는 것.

"자자, 어째서 시바 군은 내 집을 알고 있을까. 그 이유는 둘밖에 없겠지. 토요일에 만취한 나를 도와준 남성이기 때문이든지, 나를 스토킹하는 인물이기 때문이든지. 아니야?"

"아, 아하……. 그, 그건 뭐라고 할까……."

"혹시 스토커라고 대답한다면 이대로 파출소로 데려갈 건데…… 이제 그만 자백해주겠어?"

싱글싱글 최강의 위협을 던진 하즈키는 하얀 이를 드러내며 웃음 지었다. 이제까지 계속 이 기회를 엿보고 있었는지, 이렇게까지 말한다면 이제는 료마의 패배였다.

"후우…… 예. 항복할게요. 토요일에, 하즈키 씨한테 택시를 불러준 건 저예요……."

"후훗, 해냈네. 간신히 자백하게 만들었어. 시바 군도 참, 정말로 고집스럽다니까."

"이것 참—, 하아……. 이런 결과가 될 줄이야……."

"아직 경험이 얕구나, 료마 군은. 앞으로 내가 단단히 단련시켜줄 테니까 각오해. 다음에 의뢰할 때에는 이 일의 보답도 같이 하겠어."

하즈키의 얼굴에는 화창한 미소가 드리워 있었다. 제대로 자백을 시킨 데다, 차도 쪽에 료마가 서 있기에 소중히 대해준다는 사실도 실감했기 때문이었다.

"시바 군, 마지막으로 손을 잡고 돌아갈까. 그리고 이대로 곧장 돌아가면 시간이 조금 남아버릴 테니까 돌아서 가자."

"어, 하즈키 씨. 이제까지 대행인과는 악수 말고 허락한 적이 없는 게——."

"——무슨 불만이라도 있는 걸까?"

하즈키가 손을 내밀며 파란 눈동자로 주시했다.

"아, 그런 게 아니라…… 미안해요. 그럼 실례할게요."

"그렇게 딱딱하게 굴지 말고. 아직 의뢰는 계속되고 있으니까 마지막까지 리드해줘, 후훗."

"예, 열심히 할게요."

그리하여 달빛이 비치는 밤길을 애인 같은 거리로 걸어가게 되었다.

도로에는 하나가 된 그림자가 드리워 있었다.

* * * *

"이것 참, 잔뜩 마셨네, 카야양! 이젠 배가 빵빵해. 동기 모임은 역시 즐겁구나."

"나도—. 이거, 숙취 해소제 안 마셨으면 틀림없이 내일은 죽음이었을 거야."

시각은 22시 40분.

료마의 누나, 카야는 동기 친구와 함께 귀갓길을 걷고 있었다.

"그러게—. 일요일이 있으니까 괜찮다고는 생각하지만, 숙취가 남기라도 했다가는 하즈키 매니저가 잔뜩 혼낼 테니까 위험한걸!"

"그건 자업자득이니까 어쩔 수 없잖아? 사회인으로서는 당연한 거니까."

"나 하즈키 매니저 흉내 잘 내거든—. 있지, 들어봐들어봐. ……『어머, 혹시라도 아직 숙취가 남은 거 아냐?』 아, 어때?!"

"조금 비슷했던 거 같기도 하고. 이런 대화를 하즈키 매니저가 들었다가는 호되게 꾸중을 듣겠지만……."

"히익—! 호랑이도 제 말 하면 온다—라든지?!"

속담을 입에 담으며 즐겁게 걸음을 옮기는 두 사람은 10미터 앞의 T자 교차로로 향했다. 그 모퉁이는 두 사람의 귀갓길이자 예상 밖의 일이 벌어질 장소이기도 했다.

"있지, 시바 군. 다시 한번 내 머리를 쓰다듬어줘도 되는데?"

"무, 무슨 소릴 하는 건가요?!"

"후훗, 매정하네."

이쪽으로는 눈길도 주지 않고, T자 교차로를 그대로 똑바로 나아가는 2인조가 있었다.

그 두 사람은 손을 잡은 상태로, 친근해 보였고——.

"어……? 료, 마……?"

"하즈키 매니저……?"

밤길을 비추는 가로등이 있어서 그 2인조의 얼굴은 환히 보였다. 몇 초 동안 보인 말도 안 되는 광경과 대화. 이 현장을 우연히도 목격하고 말게 되었다.

"말도…… 안 돼……."

"저기, 카야양 지금 그거 봤지?! 하즈키 매니저, 남자랑 같이 있었다고?! 그것도 미남이었고!!"

"아니, 잠깐만. 그 남자, 우리 동생인데……."

"어어?!"

"일단 도저히 이해가 안 되지만……. 무, 무슨 일이지. 하즈키 매니저는…… 어? 료마랑 하즈키 매니저……."

기이한 표정으로 마주 보는 두 사람.

""사귀는 사인가?""

——그 목소리는 깔끔하게 겹쳐졌다.

* * * *

"여보세요, 치아키 씨? 지금 시간 괜찮을까."

『아니아니, 어째서 이 시간에 전화하는 건가요…… 하즈키는. 벌써 23시가 지났는데—. 21시 이후의 대행 감상 연락은 다음 날부터 하는 건데—.』

그날 심야.

애인 대행 서비스 회사, 대표이사 치아키는 스마트폰을 향해 불평을 입에 담고 있었다. 그 상대는 바로 료마와의 대행 시간을 막 마친 하즈키였다.

"미안해. 어떻게든 전하고 싶은 게 있었으니까."

『뭐, 내가 자는 건 한 시 정도고, 하즈키도 그걸 알고서 전화를 걸었을 테지만…….』

"후훗."

치아키의 말대로, 수면을 취하는 시간을 알고 건 전화였다. 그저 제멋대로 구는 것은 아니었다.

『그래도 말이지―, 하즈키. 자기 전에 클레임만큼은 참아줬으면 좋겠어. 적어도 독기를 좀 뺀 정도의 불평으로 부탁할 수 있을까?』

"어? 무슨 뜻일까, 그거."

『최근에 수면용 우동짱이라는 우동 모양 이불을 사서 편안하게 잘 수 있거든. 빡빡한 클레임을 들었다가는 도저히 그럴 수가 없다는 겁니다요.』

"회사 수장이라는 사람이 고객에게 할 말이 아니잖아, 그거. 인터넷에 퍼뜨렸다가는 완전히 파이어라고?"

『그건 피차 실례했다는 걸로 용서해줘. 나도 상대는 골라서 말하는 거니까. ……그래서 본론으로 들어가겠는데 어떤 클레임이야? 신인은 하즈키한테 어떤 실례를 한 거야?』

클레임 이외의 용건이라고는 의심하지 않는 모양인 치아키는 마구 떠들어대듯이 말을 날렸다.

"계속 생각했는데, 어째서 치아키 씨는 클레임이라는 전제로 이야기를 진행하는 걸까."

『아니, 서두르는 걸 보니까 그쪽일까 해서. 대행인이 어땠는지 보고하려는 전화잖아? 이건.』

"그래, 물론이야. 좀 전에도 말했지만 어떻게든 전하고 싶은 게 있었으니까."

『응―, 그런가. 어떻게든 말이지…….』

이렇게나 의견을 전달하려고 하는 하즈키의 태도에 깊이 의심하고 마는 것은 어쩔 수 없다. 특히 하즈키는 대행 회사 안에서 베테랑 킬러 여왕이라고까지 불리는 사람이니까.

그 통칭은 과도한 표현도 아닌, 사실에 의거해서 붙은 것.

『역시 신인한테 하즈키를 상대하는 건 짐이 너무 무거웠던 걸까……. 중견이 하즈키한테 함락당하지 않도록 어쩔 수 없이 신인을 소개한 내 책임도 있겠지, 이거. 미안해, 중개수수료랑 대행 중에 사용한 돈은 전부 환불할 테니까.』

"다음에도 그 사람을 지명할게."

『응응. 대행에서 평가가 5점이었으니까 기대되는 신인일까 싶었지만, 역시 그렇게나 간단한 일이 아니…… 어, 어……? 뭐어?!』

있을 수 없는 하즈키의 발언에 사고가 정지한 치아키. 깜짝 놀란 목소리가 확성기처럼 커졌다.

"뭐어? 가 아니라, 다음에도 그 사람을 지명한다니까."

『아하하핫! 심야 분위기라고 굳이 거짓말할 필요 없어, 하즈키! 이제까지 누구도 재의뢰한 적 없었으니까 간단히 알 수 있어.』

"정말로 진심이야. 그렇지 않고서야 실례라는 걸 알면서 전화를 걸지는 않아."

『……진심으로 진심? 진짜야?』

"별로 이상한 일은 아니잖아? 나도 한 사람의 여성이니까 대행인이 마음에 드는 경우 정도는 있어."

『그, 그건 그런데 이번 의뢰에서 무슨 일이 있었던 거야? 아니, 정말로. 요컨대 처음으로 하즈키가 다시 지명한다는 거지?! 그것도 신인을 상대로…….』

짜악! 뺨을 두드려서 머리를 깨우는 치아키. 치아키의 입장에서는 환청을 듣는 듯한 감각이었던 것이다. 베테랑 킬러 여왕이라는 호칭은 단골이 될 법한 대행인을 발견하지 못하고 차례차례 베테랑을 함락시켰기 때문에 붙은 것이다.

『베테랑만 쓰러뜨리는 그 사람이 재의뢰할 사람은 누구 하나 나오지 않겠지…….』

『귀중한 대행인이 또 줄었어어어어…….』

『진짜로 위험해! 빨리 새로운 대행인을 찾아!』

회사에서는 그런 소동도 벌어진 최고의 유명인을 막아선 대행인이 나타났다는 의미니까. 그것도 대행을 한 달 정도밖에 경험하지 않은 신인이.

"……그 사람, 조만간에 단골 인원수를 제한해두는 편이 나을 거야. 바빠져서 시바 군의 컨디션이 망가지기 전에. 돈 때문에 무리를 하는 성격일 테고 학생이기도 하니까."

『아니, 정말로 무슨 일이 있었던 거야……?』

"베테랑 따위를 기대할 게 아니었어. 신인 중에도 충분히 당첨은 있어. 당연한 일이지만 좋은 공부가 됐어."

『그러니까 무슨 일이 있었던 거야?!』

치아키가 단 하나 아는 것은, 신인 료마가 하즈키에게 한 방 먹였다는 것. 이제까지의 대행인을 넘어서는 즐거움, 만족감을 주었다는 것.

"그러니까 나는 조금이라도 빨리 치아키에게 전하고 싶었던 거야. 그 사람, 시바 군한테는 인기 대행인과 마찬가지로 제한을 고려해두라고……. 관계자도 아닌 내가 경영과 관계된 소리를 꺼내는 건 미안하지만."

『음─, 제한이라. 하즈키의 눈을 안 믿는 건 아니지만 말이지─, 그거 꽤 위험한 일이라고? 이제부터 신인의 단골이 되고 싶다는 의뢰인의 요청을 들어줄 수 없게 된다는 소리니까.』

"그러니까 미리 단골을 제한하는 거야. 현재로서는 처음으로 그 사람을 이용한 여성은 나를 포함해서 두 명뿐이잖아? 지금부터 몇 명으로 제한한다면 충분하다고 생각해. 그리고 그중에 단골이 빠진다면 또 의뢰인이랑 매칭시키는 형태로."

대행 회사의 경영과는 아무런 연관도 없는 하즈키가 대표이사인 치아키를 상대로 이렇게까지 의견을 낼 수 있는 것에는 물론 이유가 있다.

그것은 회사 설립 당시, 하즈키가 이자 없이 자금을 융통해주었다는 아무리 감사해도 모자란 큰 이유다. 그 선금이 없었다면 이 회사는 이렇게까지 발전하지 못했을 테니까.

『단골이 빠진다면, 이라니. 말이야 간단하지만 애당초 단골이 될 확률은 정말로 낮은데? 신인이 전부 성공하는 게 이상할 뿐이야.』

"그 사람은 예외야. 무언가 강한 의지를 가지고 있어서 의뢰인이 만족하도록 필사적이었어. 그게 지금의 결과로 이어지는 거겠지."

『그렇구나……. 일단 하즈키의 숨겨진 이유는 알았어.』

"수, 숨겨진 이유라니 뭐야."

그렇게 속마음을 들킨 하즈키는 목소리가 상기되지 않도록 틈을 두고서 대답했다.

높은 지위인 만큼, 얼굴을 마주하지 않더라도 핑계는 간단히 간파해버리는 것이었다.

『지금 그 신인의 의뢰 범위를 제한해두면 하즈키는 아무 불편 없이 불러낼 수 있잖아―? 이대로 내버려 뒀다가 인기가 생기면…… 아니, 대행을 받으면서 인기가 생길 거라 확신했으니까 나한테 이렇게 못을 박는 거지?』

"……미안해. 정답이야."

『인기 대행인은 의뢰하려던 날에 다른 의뢰인과 외출 예정이 있는 게 대부분이지. 업무 관계로 예정이 비는 날이 랜덤한 하즈키에게는 가장 아픈 부분이겠네. 마음은 알겠지만 그런 핑계를 쓰면서까지 감출 일이야? 그 신인이 인기가 있을지는 아직 모른다고?』

"혹시 인기가 없다면 어지간히도 보는 눈이 없는 의뢰인이라는 소리겠네. 그러니까 이미 단골이 된 여성한테는 보는 눈이 있어."

『하즈키가 그렇게까지 말할 정도인가…….』

치아키는 하즈키를 전면적으로 신뢰했다. 그건 하즈키의 말이 무척 정확하다는 것뿐만이 아니라, 이런 식의 칭찬은 이번이 처음이었기 때문이다.

"그 사람이 의뢰인을 생각하지 않고 돈만 생각하게 된다면 이 의견도 바뀌겠지만, 한동안은 그렇진 않겠지."

『흠흠, 그 부분이 그 신인의 강점이라는 의미겠네? 의뢰인을 지갑으로 보는 게 아니라 제대로 대한다는 거.』

"그래. 신기하게도 그 사람한테는 흑심이 없어. 정말로 보기 드문 대행인이야."

『뭐…… 응─, 그런 제멋대로인 이유로는 신인이 가여운데? 이 아르바이트를 한다는 건 돈이 필요한 걸 텐데, 제한해버리면 벌 수 있는 돈도 못 벌게 되는 거니까.』

그럼에도, 대행인까지 생각하는 것이 치아키의 일. 치아키는 안정을 취하기 위해서라도 하즈키를 진정시키고자 그런 말을 꺼냈다.

"그러니까 내가 지불할게."

『지불한다고?』

"그 사람한테는 의뢰비와 별개로 선물이라는 명목으로 용돈을, 회사 쪽에는 중개료를 많이 내서 시바 군이라는 네임 밸류를 못 쓰게 되는 만큼 보상할게. 이걸로 문제는 없겠지?"

『어? 확실히 하즈키라면 돈은 있으니까 그럴 수야 있겠지만……. 그거 조공하는 거랑 다를 바 없다고? 반했어?』

동요한 치아키의 목소리를 들으며 하즈키는 고개를 가로저어 부정했다.

"고작 한 번의 대행으로 반할 리가 없잖아? 나는 그렇게 쉬운 여자가 아니야."

『그럼 어째서?』

"그러네……."

그 물음에 눈을 감으며 하즈키는 숙고하고——수수께끼 풀이 같은 대답을 찾아냈다.

"간단히 설명하자면 강아지를 발견했다고 할까."

『강아지라고? 아니아니아니아니, 전혀 영문을 모르겠는데…….』

"후훗, 일부러 못 알아들으라고 한 거야."

개는 하즈키가 가장 좋아하는 동물. 주인이 힘겨울 때에는 다정하게 다가와준다. 열심히 위로하려고 해준다. 시바 료마라는 인간은 그야말로 이런 인물, 이라는 의미를 담은 말이다.

하즈키는 무척 바쁘다 보니 제대로 돌볼 수가 없어서 애완동물을 기르지는 않는다. 혹시 개를 길렀다면 표현이 달라졌을 것이다.

『심술궂단 말이지. 그런 부분.』

"아직 그 정도 말밖에 못 하겠어. 미안해."

하즈키는 오늘 있었던 일을 하나도 가르쳐줄 생각이 없었다.

혹시 들킨다면 료마가 머리를 쓰다듬었다는 규칙 위반 사실이 알려질 우려가 있다.

대표이사인 만큼 치아키는 이런 일에 가장 엄격하다. 의뢰인이 위반했다는 사실을 알면서 못 본 척했다가는 책임 문제로 발전한다. 회사를 경영하는 이상은 당연한 일이다.

료마에게 제대로 주의를 주는, 그런 신중한 하즈키이기에 가능한 대처였다.

『알았어. 그럼 다른 이야기를 하겠는데 그 신인의 대행 평점을 가르쳐줄래? 이렇게 된 김에 물어볼게.』

"사실 점수는 정해둬서, 4.9로 부탁할게. 분하니까 마이너스 포인트를 찍었어."

『아니 그러니까 그 분하다는 건 뭐야?! 전 의뢰인도 그런 소리를 했는데! 실제 평점은 5점이라는 거잖아…….』

"그러네. 회사 평가로는 5로 해줘."

하즈키가 내린 평가는 이것. 그러니까 료마는 대행을 다섯 번 경험해서 평가는 5점이고, 만점이라는 뜻이다.

『이것 참, 그래그래! 그렇게까지 마음에 들었구나. 근데

이건 나한테 가장 기쁜 일이야.』

"왜?"

『전에도 했잖아―, 하즈키가 연이어 베테랑 대행인을 박살 내니까 경영이 위험했다는 식의 이야기를. 그런데 그 신인의 단골이 되어준다면 그만큼 다른 대행인을 육성할 수 있으니까.』

"그렇게 성가신 사람인 것처럼 말하진 말아줘……."

대행인이 연이어 반해서는 은퇴하게 만들었다는 스펙으로 회사의 경영에 영향을 준 베테랑 킬러 여왕 하즈키. 회사 입장에서 제멋대로인 하즈키를 막아낸 료마는 그야말로 구세주 같은 존재다.

『어쩐지 이런 체험을 하니까 옛날 일이 떠오르네……. 정말.』

"응, 옛날 일."

『그래그래, 옛날 일.』

"혹시 치아키 씨한테 시간이 있다면 물어봐도 될까. 어쩐지 엄청 재미있는 이야기 같으니까."

의미심장한 혼잣말에 전화 도중인 하즈키는 당연한 반응을 했다. 제대로 예의를 갖추고 물어보는 부분이 그녀답다.

『잘 물어보셨습니다! 실은 말이지, 이 대행 서비스 회사를 열고 1년 뒤 정도였나. 아직 경영이 제대로 안 되던 무렵에 한 대행인을 채용했어. 나중에 패도의 여신이라 불렸는데 말이지?』

"아니, 그쪽에도 이상한 별명을 붙였구나……. 치아키 씨의 성격을 봐서는 그만큼 인상에 남은 대행인이었던 걸까."

『그야 그렇지─! 아니, 이 여자만큼은 절대로 못 잊어.』

치아키는 그립다는 듯이, 감사의 마음을 말 한마디 한마디에 담고 있었다.

『대기업에 취직하게 되었으니까 9개월 만에 그만뒀지만, 고작 18세에 지명율 81퍼센트라는 숫자를 기록한 괴물이라서. 내가 『그만두지 마!』라며 선물을 가져가서 몇 번이나 교섭했지.』

"치아키 씨가…… 그렇게까지 할 정도라고? 게다가 81 퍼센트라는 계산 잘못된 거 아냐……? 실제로는 말이 안되는 숫자인데."

사장인 치아키가 대행인과 만나서 일을 계속하도록 교섭을 한다니 드문 일이다.

애인 대행 서비스 회사 파르팔레에 얼마나 공헌한 것인가. 놓치고 싶지 않다는 마음의 발로였다.

『그러니까 패도라고 붙였어. 남심을 붙잡는 책략을 세우고 치트 같은 숫자를 냈으니까. 다른 대행인도 참고하게 해주세요~ 하고 돈을 내면서 가르침을 받았지만, 그건 이미 심리학의 영역이었지.』

"……그러면서 18살이면 정말로 괴물이네."

『하즈키 또래 정도겠네. 은퇴하기 전에 마지막 한 달은 주당 여섯 번으로 의뢰가 채워졌고, 의뢰인한테 은퇴 기념 같은 의미로 돈을 잔뜩 받았을 거야. 뭐, 실제로는 주당 일곱 번을 전부 채우는 숫자였는데 컨디션에 문제가 생길 테니까 내가 조정했을 정도야.』

"휴일이 없잖아……."

당연히 이런 위업을 달성한 것은 『패도의 여신』 한 사람뿐.

『그 대행인이 은퇴할 때 말이지, 이런 멋진 분과 만나게 해줘서 고맙다며 회사 중개료를 몇 배나 넣어준 의뢰인도 있었을 정도라고? 장난 아니잖아?』

"……그런 레벨이라면 치아키 씨가 직접 담판하러 나설 만하네. 회사에게는 든든하기 그지없는걸."

『그렇지, 그렇지. 아직도 생각하는데, 그때 전 재산을 투자해서라도 막았으면 좋았을 거라고. 아직 젊었으니까 최종적으로는 대대적인 플러스가 되었을 테고.』

빈말이 아닌 진심이 담긴 말투.

치아키가 이 정도로 아쉽다고 느끼는 인물은, 앞으로 나타날 일이 없을지도 모른다.

"있잖아, 들으면 들을수록 나는 그 패도의 여성에게는 레벨이 안 맞는다고 생각하는데……."

『아니, 회사에서 가장 중요한 대행인에 구멍을 뻐끔뻐끔 낸 장본인이 무슨 소릴 하는 거야. 이런 짓을 하는 건 의뢰인 중에 하즈키뿐이니까. 이참에 차라리 하즈키도 대행인을 해보지 않을래? 하즈키가 한 편이 된다면 정말로 든든

하고, 그러면 아마도 우리 회사는 천하를 제패할 수 있을 거야.』

"후홋, 그건 사양해둘게. 그렇게 만만한 세계가 아닐 텐데."

『하즈키의 포텐셜로 안 될 리가 없어. 이제까지 베테랑 대행인을 침몰시켰으니까.』

"반응하기 어려운 대답이네……."

그렇게 하즈키가 솔직한 감상을 흘렸을 때…… 치아키가 마음속 깊은 곳에서 나오는 것 같은 음색으로 말했다.

『그래도 운명이란 신기하구나. 우리 회사는 그 성씨에게 두 번이나 도움을 받아서 감동했다고, 지금.』

"응? 그 패도의 여성도 성이 시바였어?"

『이런!! 이 이상은 패스! 안 되지, 안 돼. 비밀엄수 의무!』

치아키는 무척 위험한 발언을 하고 말았지만 아슬아슬하게 안전선에서 멈춘 것은 대단했다. 사적인 시간에도 안전선은 제대로 두고 있었다.

그래도…… 치아키가 말한 그 정보는 머리에 남았다.

"후우……."

수십 분 뒤, 전화를 끊은 하즈키는 타워 아파트에서 야경을 바라보며 단정한 미간을 한가운데로 모았다.

"패도의 여신……."

──이 인물.

"대기업에서 일하려고 은퇴한 여성. ……시바라는 드문 성씨에 당시에는 18세. 동생이 있다는 이야기도 했는데……."

하즈키에게는 짚이는 사람이 하나 있는 것이었다.

"카야 씨가…… 그런 우연이 있을 리가 없겠지……."

툭하니 혼잣말이 실내에서 흩어졌다.

"으음……."

크리스마스이브까지 2주가 채 남지 않은 어느 날.

자기 방 침대에 엎드려 있던 히메노는 낮은 목소리로 신음했다. 동그란 눈을 반쯤 뜨고서 복잡한 표정을 짓고 있었다.

그 원인은 양손으로 든 스마트폰 액정에 비치는 트위트 화면이었다.

히메노가 트위트에 투고하는 4컷 만화, 료마와의 대행 서비스 체험을 그린 『사실일지도 모른다』는 이미 넷째 편까지 투고를 마쳤다.

제목으로도 그런 느낌을 풍기고 있지만 이것은 히메노가 실제로 체험한 료마와의 대행 서비스를 참고로 해서 만화로 그린 작품.

실제 체험을 그림으로 그리는 만큼 이야기의 리얼리티는 상당해서, 히메노의 그림 재능과 합쳐지자 최신화에서는 4만의 좋아요를 획득한 인기 만화가 되었다.

물론 이 좋아요 숫자를 얻은 것은 4화의 높은 완성도 덕분이겠지만, 다음 화에 대한 기대가 담긴 숫자이기도 했다.

히메노는 4화의 마무리에 5화의 포석을 제대로 만들어 둔 것이었다.

그 포석이란 바로 히로인이 자기 방에서 달력의 12월 24일에 『데이트하게 해주세요』라고 적는 묘사. 그 결과, 히메노의 생각대로 독자가 움직였다.

『크리스마스 데이트 어떤 느낌일까?!』

『너무너무 기대돼! 매초마다 올려줘!』

『데빌짱의 만화는 역시 신이야! 크리스마스 데이트 빨리!』

『이제까지 내용 중에 가장 뜨거운 데이트가 왔다고!』

『올해 크리스마스는 이 만화로 행복하겠어.』

팬을 잔뜩 가진 히메노…… 아니, 데빌짱의 만화인 데다 전개를 예상할 수 있도록 했기에 코멘트란에는 이런 감상이 쭉 달려 있었다.

자신의 작품에 반향이 있다는 건 당연히 기쁜 일이다. 기쁜 일이지만…… 지금은 그것을 순순히 기뻐할 수 없을 정도의 상황에 빠져 있는 히메노였다.

"시바, 일정 비울 수 있을까……."

툭하니 불안을 입에 담았다. 그렇다. 히메노의 스마트폰에는 아직도 오지를 않았던 것이다. 크리스마스이브에 료마와 데이트를 할 수 있는지 알려줄 확인 문자가.

히메노의 만화는 료마와 데이트를 하는 것으로 성립된다. 감정 이입할 수 있게 된다.

알기 쉽게 말하자면, 료마와 데이트를 못 하면 퀄리티는 유지할 수 없다는 의미다.

『혹시 료마한테 예정이 있다면 다른 대행인한테 의뢰하

면 되지 않을까?』

그런 해결책이 나와도 히메노는 수긍하지 않았다.

"……시바가 좋아. 시바가 아니면 싫어……."

이것이 히메노가 양보할 수 없는 부분. 데이트를 할 거면 료마여야 한다고 히메노 안에서 정해져 있었다. 다른 대행인을 대신 만난다는 것은 생각만으로도 싫었다.

"이제는 시바한테 연락하는 편이…… 좋겠지."

확인 문자를 보냈다가는 료마를 재촉하는 모양새가 되어버린다. 그것을 아는 히메노이기에 연락을 기다리고 있었다. 하지만 날짜를 생각하면 이제는 한계였다.

히메노는 트위트의 DM 버튼을 누르고 거기서 다시 한 번 료마의 아이콘을 누르고는 양손으로 문자를 입력했다.

『시바, 내일 방과 후에 학교에서 만날 수 있어? 하고 싶은 이야기가 있어.』

이 문장을 적은 히메노는…… 망설임을 느끼며 전송했다.

『크리스마스 일정은 어떻게 됐어?』

처음에는 이렇게 입력하려고 했다. 이 문장이라면 대답 한 번으로 불안을 해소할 수 있을 것이다. 하지만 이 내용으로는 할 수 없는 일이 하나 있었다. 히메노에게 싹튼 욕심은 이룰 수 없었다.

"만나서 이야기하고 싶어……."

료마에게는 절대로 말할 수 없는 욕심. 그것이 바로 얼굴을 맞대고서 대화를 나누고 싶다는 바람.

보낸 뒤, 바로 답장이 오면 좋겠는데…… 같은 희망을 가지고서 변함이 없는 화면을 계속 보던 그때였다.

"아."

스마트폰 화면이 멋대로 전환되는가 싶더니 부웅부웅, 진동이 울렸다. 보라색 눈동자에 비치는 것은 친구인 아미의 이름이 적힌 통화 화면이었다.

오늘, 아미와 통화할 예정 따위는 없었다. 놀라면서도 전화가 끊어지지 않도록 바로 통화를 눌렀다.

"여, 여보세요…… 아미?"

『여보세요―! 고생이 많네, 히메노―! 지금 뭐 해―?』

"침대에 누워 있어."

『오―, 무척 마음 편히 보내고 있을 때 전화를 걸어버렸네.』

시각은 21시 30분. 이미 밤늦은 시간이지만 변함없는 분위기로 말을 건네는 아미.

"그보다도 전화, 무슨 일이야? 항상 연락부터 하고 전화 걸면서."

『아니…… '전화해도 돼?'라고 연락하면 거절당하지는 않을까 싶었거든. 그래서 이런 방식을 선택해버렸어.』

"히메노, 아미랑 사이 안 나빠. 왜 그렇게 생각했어?"

『그게, 갑자기 전화를 건 이유하고도 관련이 있는데…… 히메노는 괜찮을까 싶어서 말이지? 그걸 묻고 싶어서.』

활기찬 목소리는 여기까지. 아미는 진지한 목소리로 변

했지만 히메노로서는 무슨 이야기인지 이해할 수 없었다.

"뭐가 괜찮아?"

『뭐냐고 그러면 말하기가 곤란한데, 아니 쓸데없이 참견하는 것도 미안하지만, 히메노가 남자친구 료마 씨랑 싸운 게 아닐까…… 싶었거든.』

"아니, 안 싸웠어. 정말로. 시바는 다정해."

『나도 둘이 싸우는 건 상상이 안 되지만 말이지? 히메노, 최근에 엄청 험악한 얼굴로 스마트폰을 계속 보거나 신음하거나, 그렇게 고민을 품고 있는 것 같았으니까 그것밖에 없어 보였다고.』

"음……."

『그러니까…… 그게, 나라도 괜찮다면 이야기를 들어줄게. 실수로 히메노한테 남자친구가 있다고 말해버렸으니까 신용은 없을지도 모르겠지만, 다음에 또 실수한다면 얼굴을 짓밟아도 될 정도니까!』

이 해명을 마지막까지 듣고서야 이해했다. 아미가 료마와 히메노 사이를 걱정해서 전화를 해주었다는 사실을. 하지만 이렇게 착각해버리는 것도 무리는 아니었다.

히메노가 학교에서 험악한 얼굴로 지내던 것은 사실이니까.

"걱정해줘서 고마워, 아미. 그렇지만 아무것도 아니야. 시바랑은 정말로 평소 그대로."

히메노가 이렇게 된 건 료마에게 크리스마스 일정이 없

는지 연락이 오지 않았기 때문. 하나 더 덧붙이자면 그 연락에 따라서 만화 투고 시기가 바뀌어버리기 때문이다.

『그런 거면 괜찮겠지만, 어제 문득 떠올랐거든. 히메노랑 료마 씨는 같은 학교인데도 같이 돌아가는 모습을 본 적도 없다는 거. 수업이 끝난 뒤에 만나지도 않잖아?』

"아! 그, 그건…… 히메노가 시바한테 말했으니까. 용건이 있으니까 혼자 돌아간다고."

『어어?! 하교 데이트 같은 게 제일 재미있는 일인데?! 히메노 성격이라면 오히려 같이 돌아가자고 응석을 부릴 것 같았는데.』

"……"

료마에게 나쁜 인상을 품지 않도록 그렇게 발언했지만, 그녀의 성격을 아는 아미는 위화감을 느끼고 말았다.

거짓 관계라는 사실을 계속 숨기기로 결심한 히메노는 머리를 열심히 굴려서 어떻게든 핑계를 생각했다.

"히메노가 혼자 돌아가겠다고 그런 건…… 장래에 대해서 고민 중이니까. 시바한테는 그런 걸 들키고 싶지 않아."

『장래?! 아직 대학교 1학년인데 장래를 생각하는 거야?! 그건 또 뭐라고 할까 너무 대단한데…… 응? 아! 하하, 그렇구나.』

"……뭐, 뭐야?"

고민의 이유를 들은 순간 싱글대는 듯한 목소리를 내는 아미를 상대로 금세 좋지 않은 예감을 느낀 히메노. 이 예감이 옳다는 사실은 다음 순간에 알게 된다.

『그 장래의 고민 말이지, 남자친구 료마 씨랑 제대로 결혼할 수 있을까─, 다른 여자가 접근하지는 않을까─ 같은 느낌이지? 그것 때문에 속 좁다고 여겨지는 게 싫어서 혼자 돌아가는 거잖아─?! 자, 이제 곧 크리스마스니까 그 이벤트 전에 어색해지지 말도록!』

"어, 그, 그런 생각 안 해. 그거랑은 다른……. 히메노는 졸업 후의 진로를."

『예예. 히메노는 이러니저러니 해도 독점욕이 강하고, 놀이 삼아 누구랑 사귈 것 같은 타입도 아니잖아? 그렇다면 계속 사귈 수 있을 남자친구를 선택했을 테고, 그렇게나 괜찮은 남자친구를 만들었다면 역시나 이래저래 불안해지기도 하겠다고 생각하는데.』

"……."

아미가 엉뚱한 소리를 하는 것은 아니었다. 료마가 다른 의뢰인과 데이트하는 모습을 상상하는 것만으로도 히메노는 답답한 기분에 휩싸이고는 하니까. 어째서 이렇게 느끼고 마는지, 그 해답은 아직 미궁 속에 있다.

『실제로 히메노는 료마 씨랑 결혼하고 싶잖아?』

"어, 어째서 그런 이야기가 되는데."

『자자, 부끄러워하지 말고 나한테 이야기해봐.』

"……."

『어, 무시?! 결혼하고 싶지 않아?!』

"그, 그럴 리가 없잖아. 그저 상상이 안 될 뿐……. 상상할 수 없으니까, 말 못 해."

『하핫! 하긴 갑자기 그래 봐야 그런 느낌도 들 만하지. 근데 결혼하기 싫다는 말이 나오지 않았다는 것만으로, 이미 대답이 나온 거나 마찬가지 아냐?』

"사귀는 사이니까 그렇게 되는 건 당연……."

『목소리가 진지하잖아.』

히메노는 대행을 이용하고 있지만 사귄다는 것에 대해 가벼운 마음을 품은 건 아니었다. 료마라는 대행인을 계속 단골로 이용하는 것이 그 증거.

『그래도 어쩐지 안심했어. 그렇게나 험악한 히메노 얼굴은 본 적 없었으니까 정말로 걱정했거든. 무언가 돌이킬 수 없는 고민을 품은 건 아닌가 하는 생각이 들었어.』

"그건 아니니까, 괜찮아."

『히메노한테 조언 하나 하겠는데, 혼자서 고민을 품는 것보다는 다른 사람한테 이야기를 해보는 편이 나은 거 알지? 잘 생각해보면 이런 역할은 내가 아니라 료마 씨가 더 적임자니까.』

"그래……? 아미랑 통화해서 히메노 기운이 났어."

『그 말은 기쁘지만 역시 최선은 남자친구라니까. 료마 씨는 진짜로 어른스럽고 여러모로 된 사람이라는 오라가 있잖아? 소중한 여자친구의 고민이라면 정말 진지하게 들어줄 테고 좋은 방향으로 이끌어줄 거야. 내가 조사한 정보에 따르면 남자친구는 여자친구가 자길 의지하면 기쁘다고 해.』

"그렇……구나."

『어차피 히메노는 후코처럼 크리스마스 데이트를 할 테고, 1년에 한 번 있는 이벤트가 다가왔으니까 그 정도 응석은 부려도 괜찮잖아? 남자친구를 믿는다고 해도 다른 사람한테 빼앗길 수 있다는 불안이 해소되려면 같이 알콩달콩 시간을 보내야겠지. 뭐, 크리스마스 솔로 확정인 나한테 그런 말을 듣고 싶지는 않겠지만.』

"후후."

『웃을 일이 아니라고, 정말. 그거 엄청 실례니까 말이지?!』

"고마워, 아미. 히메노, 응석을 부려볼게."

말은 그렇게 하지만 히메노와 료마의 관계는 누구에게도 말할 수 없을 만큼 복잡해서 간단히 응석을 부릴 수는 없었다. 이것은 아미를 안심시키기 위한 말.

『천만에요. 고민은 시원하게 해결하고서 데이트하는 게 무조건 더 즐거울 테니까 열심히 해봐. 료마 씨한테 '귀찮아—' 같은 불평을 듣는다면 나한테 연락하라고? 제대로 도와줄 테니까.』

"시바는 그런 불평 안 해."

『그도 그런가! 그럼 밤도 늦었고 마무리하기도 괜찮은 느낌이니까 나는 목욕하고 올게. 내일 학교에서 봐, 히메노.』

"응. 오늘 고마워. 아미는 감기 안 걸리게 조심해."

"걱정해줘서 고마워. 료마 씨의 여친 씨—.』

"읏."

히메노가 숨을 삼킨 순간에 전화는 끊어졌다. 히메노는 귀에서 스마트폰을 떼고 액정을 보며 중얼거렸다.

"아미는 금세 놀린다니까……."

그래도 그렇게 놀리는 것은 히메노에게 마음 편한 일. 이제까지 남자친구가 없었던 히메노에게는 신선한 울림.

"히메노한테 진짜 남자친구가 생긴다면 훨씬훨씬 기쁠 텐데……."

가슴이 두근 고동쳤다. 아미와의 통화로 솔직하게 그런 감정을 느끼던 히메노에게 기쁜 일이 더 이어졌다.

"아."

스마트폰에서 문자를 받았다는 진동이 한 번. 히메노의 스마트폰에는 계속 기다리던 상대의 답장이 있었다.

『메시지 고마워, 히메노. 내일 방과 후에 만날 수 있어. 나는 넷째 시간 강의로 끝인데 히메노 시간표는 어때?』

내일이 기다려지게 만드는, 그런 문자가.

"후후……."

무의식적으로 입가가 풀어진 히메노는 침대 위에서 다리를 작게 바동바동했다. 그리고 그런 상태를 감추듯이 『넷째 시간 강의. 시바랑 같아』라며 쌀쌀맞은 문자를 보내는 것이었다.

다음 날. 오렌지색 예쁜 하늘이 펼쳐진 방과 후를 맞이했다.

"히메노랑 만나는 것도 며칠 만인가……."

그런 혼잣말을 흘리며 료마는 히메노한테 받은 문자에 따라 5층의 빈 강의실로 향했다. 같은 넷째 시간이라도 먼저 강의가 끝난 히메노가 한발 앞서 만날 장소를 찾아주었다.

오랜만의 만남을 기대하면서 연락받은 강의실 문을 열자──시야에 비쳤다.

예쁜 은발을 고무줄로 묶은 소녀가. 마치 길을 잃고 대학교로 들어온 중학생같이 귀여운 여자아이는 문이 열리는 소리에 이쪽을 돌아봤다. 그리고 두 사람의 시선이 마주쳤다.

"오랜만이네, 히메노. 기다리는 동안 과자 먹고 있었어?"

"응."

히메노를 봤더니 햄스터처럼 입을 우물우물 움직이며 고개를 끄덕였다. 오랜만의 재회치고는 무척 특수한 시추에이션이 만들어졌지만 달콤한 것을 좋아하는 히메노다운 느낌이었다.

"아, 천천히 먹어도 돼. 억지로 삼키지 않아도 괜찮아."

히메노는 실례가 되기 싫었던 데다, 곧바로 말하고 싶었나 보다. 입에 든 과자를 들고 있던 물통에 든 차로 삼키려고 했기에 말리며 다가갔다.

히메노가 앉아 있는 정면의 책상에는 과자를 대량으로

채운 파우치가 놓여 있고, 그 안에는 소분이 된 버터 쿠키와 초코칩 쿠키 두 종류가 들어 있었다. 다 먹은 쿠키 포장지는 한곳에 깔끔하게 정리되어 있었다.

"히메노, 옆에 앉아도 돼?"

『툭툭.』

"하핫, 고마워."

히메노는 입을 움직이며 고개를 위아래로 흔들고, 옆의 의자를 자그마한 손으로 두드리며 『앉아』라고 전하느라 바빴다. 하지만 자수정 같은 동그란 눈은 반짝거리고 있었다. 평소처럼 무표정임에도 어쩐지 기뻐하는 오라가 전해졌다.

허가를 얻은 료마는 천천히 앉더니 널찍한 책상 위에 짐을 놓았다.

"……시바, 수고했어."

"너도 수고했어. 과자도 다 먹었으니까 다시 말할게. 오랜만이야, 히메노."

"응. 오늘 만날 수 있어서 다행이야."

곁눈으로 료마를 보고 직설적인 인사를 하는 히메노였다.

"이 파우치, 시바 몫의 과자도 들어 있으니까 먹으면서 이야기하자."

"만날 때마다 준비해줘서 고마워. 사실 이 쿠키 마음에 들었거든."

"잔뜩 먹어. 이거 맛있어."

"그럼 사양 않고 잘 먹겠습니다."

대학교 방과 후, 빈 강의실에서 밀회를 나누면 매번 비슷한 대화가 펼쳐졌다. 매일 과자를 가지고 와서 나누어주는 히메노이기에 벌어지는 일이리라.

"히메노 몫도 줄게. 자, 여기."

"응."

료마는 파우치 안에서 자기 버터 쿠키를 꺼내고, 조금 전에 쿠키를 전부 먹은 히메노에게도 추가로 건넸다. 양손으로 받아든 히메노는 만족스럽게 눈매에 호를 그렸다.

"아니, 히메노 과자인데 내가 준다고 하는 건 좀 이상한가……."

"응? 시바는 꺼내줬으니까 이상하지 않아."

"그래?"

"그래."

실제로는 과자 주인이 해야 할 대사였지만 히메노의 입장에서 그런 것은 관계없었다. 마음을 써서 건네준 그 행동이 기뻤던 것이다.

"그럼…… 하나 더 줄게. 자."

"응, 고마워."

쿠키를 하나 더 건네자 곧바로 받아든 히메노. 어째서일까, 료마는 동물원에 있는 자그마한 동물에게 먹이를 주는 듯한 감각을 느꼈다.

히메노는 오른손에 버터 쿠키, 왼손에 초코칩 쿠키를 들고 시선을 좌우로 움직이며 험악한 표정이었다. 어느 쪽을 먹을지 망설이는 모양이더니 버터 쿠키로 결정한 모양이었다.

그것을 보고 료마도 쿠키를 입에 넣었다.

"시바, 맛있어……? 감상을 듣고 싶어."

"응, 맛있어맛있어. 역시 히메노가 고른 과자인데?"

"과자 잔뜩 사니까 맛있는 걸 고를 수 있어."

"아하핫, 그렇구나."

대화가 끊기지 않도록 쿠키를 한꺼번에 넣지는 않고 조금씩 먹는 두 사람.

"이거 순수하게 궁금해서 물어보는 건데…… 히메노는 매달 과자에 얼마나 써? 꽤 많이 들진 않아?"

"과자는 한 달에 만 엔으로 제한하고 있어."

"어? 제한해서 만 엔?!"

"히메노는 만화 그리니까 당분을 섭취하려고 과자 먹어."

"아—! 그런가. 일에 필요한 아이템이기도 하구나, 과자는."

"응. 근데 학교에서도 잔뜩 먹어버리니까 변명이기도 해."

"하지만 공부할 때도 머리를 쓰니까 어쩔 수 없잖아? 그, 학생에겐 학업이 일 같은 거니까."

"시바는 금세 그렇게 오냐오냐해……."

"미안미안."

료마는 곧바로 사과했지만 히메노는 히메노대로 화가

난 것이 아니었다. 농담을 할 수 있을 만큼 즐거운 분위기에 감싸여 있었다.

본론을 이야기한다면 이 타이밍이 베스트이리라.

"그래서 오늘은 무슨 일이야? 메시지에는 하고 싶은 이야기가 있다고 적혀 있었는데."

"맞아. 하고 싶은 이야기는 크리스마스 일정. 시바한테 아직 못 들었으니까 어제 메시지 보냈어."

"앗?! 그, 그랬나……. 정말 미안해. 알바하는 곳에 결원이 나오는 바람에 시프트가 뒤죽박죽이 됐거든. 일단은 오늘 정해졌는데, 만나기 전에 연락을 해둘 걸 그랬어……."

"괜찮아. 오늘 만나기로 약속했으니까 만나서 얘기하면 된다고 히메노도 생각해."

"그렇게 말해줘서 고마워."

료마를 전혀 책망하지 않는 히메노는 공감의 말까지 건네주었다. 이렇게나 다정한 성격의 소유자가 남자친구를 만든 적이 없다니 아직도 믿기지 않는 일이었다.

"그래서…… 시바 일정은 어떻게 됐어? 24일, 히메노랑 데이트할 수 있어?"

불안한 듯 눈썹을 늘어뜨리고 고개를 갸웃거리는 히메노. 료마는 어렴풋이 감정이 엿보이는 표정에 죄책감을 느끼면서도, 밝은 목소리로 분위기를 바꾸려 했다.

"24일은 저녁부터 밤까지 비울 수 있어. 18시부터 23시쯤까지 대행이 되는데, 히메노는 그 시간으로 조정할 수 있겠어?"

"아! 할 수 있어."

"그건 잘됐네. 오늘 낮에 회사에도 연락을 했으니까 이제 히메노가 전화하면 바로 예약은 잡을 수 있을 거야."

"알았어. 그럼 오늘이라도 전화할게."

"항상 고마워, 히메노."

"아니, 히메노야말로."

구두 약속이기는 하지만 이것으로 크리스마스이브의 데이트가 결정되었다. 히메노는 데이트를 하는 것만이 아니라 만화 다음 편도 그릴 수 있다. 기쁜 일이 두 가지 동시에 결정된 것이다——만, 조금 전의 발언에서 하나 걸리는 것이 있었다.

"시바, 하나 묻고 싶은 게 있어."

"시간을 조금 빨리 할 수는 없겠느냐, 그런 거야? 그거라면 조금 힘들 텐데……."

"아니. 그게 아니라…… 24일 낮, 시바는 다른 여자애하고도 데이트하는 거야? 낮 시간 예정은 있는 것, 같으니까……."

본래는 물어서는 안 되는 일. 물어보는 것이 촌스러운 짓임은 알고 있으리라. 히메노는 료마를 올려다보며 조심스럽게 물었다.

그럼에도 꼭 물어봐야만 마음이 풀리겠다는 듯한, 답답한 표정이었다.

료마와의 대행 횟수가 늘어날 때마다 이런 독점욕이 강해지는 것을 히메노는 아직 실감하지 못하고 있었다.

"데이트……? 아, 그건 아냐! 알바하는 곳의 결원이라는 건 대행이 아니라 서점 쪽! 24일은 크리스마스이브니까 거기 알바 동료가 나한테 대신해달라고 부탁한…… 것 같은 느낌이야. 처음에는 거절했지만 대신할 사람이 나밖에 없다고 그래서……."

"그럼 크리스마스엔 히메노뿐? 시바랑 데이트하는 거."

"히메노뿐이야. 25일은 예약 대행이 들어올 예정도 없으니까."

"그, 그래……. 그렇구나……."

그 대답을 들은 순간, 얼굴을 주홍빛으로 화악 물들인 히메노는 꾸물꾸물 양손을 맞대고 말았다. 데이트를 하는 것은 한 사람뿐. 그 정보는 히메노의 독점욕을 모두 해소하는 내용. 그 대답을 들은 것만으로 만족할 수 있었다.

"항상 신세를 지는 히메노한테 이런 말을 하는 것도 그렇지만, 나는 대행인으로서 그렇게까지 인기 있는 게 아니란 말이지? 그러니까 그렇게 신경 쓸 것 없어."

"인기…… 없어? 그건 거짓말."

"이런 거짓말은 안 해. 인기 대행인이라면 이 시기에는 크리스마스 예약으로 가득 찬다는 모양이고, 뭣하면 회사에서 강제 출근 같은 형태로 잡는다고 그러는데 나한테 그런 일은 없었으니까."

"……정말?"

"정말."

"어째서……? 그런 거, 말도 안 돼……."

"아하핫, 그런 반응을 해주는 것만으로 기뻐."

하지만 이건 본인이 모르는 것뿐이었다. 료마의 평균 평점이나 재의뢰율이 회사에서 주목을 모을 정도로 이상한 수치를 기록 중이라는 것을. 의뢰 숫자가 적다는 것이 크게 관련이 있다지만 평점은 대행인 중에서 톱이라는 사실을.

신인이라는 틀에 갇히지 않고 더욱 많은 사람과 대행을 해서 관계를 만들었다면 확실하게 회사에서 강제 출근 연락이 왔을 것이다.

다만 이 정보가 료마에게 전달되더라도 태도에 드러나는 일은 없으리라. 대행이라는 알바에 진지하게 임하고 있기에, 의뢰인에게 제대로 다가갈 수 있는 것이니까.

"그러면 이브엔 잘 부탁할게. 올해의 마지막 데이트를 부탁합니다."

"응, 히메노야말로……."

료마가 미소를 짓자 히메노는 크게 고개를 끄덕였다. 히메노의 입장에서 올해 크리스마스는 특별한 날이다. 18년의 삶 가운데 처음으로 크리스마스 솔로를 졸업하는 해가될 테니까.

"……아, 그렇지. 크리스마스 얘기가 나왔으니까 나도 질문해도 될까? 조금 갑작스럽지만."

"뭔데."

"히메노는 케이크 좋아해? 달콤한 걸 좋아하니까 그것도 좋아하진 않을까 싶지만."

"응, 정말 좋아해. 시바랑 데이트가 끝나면 편의점에서 살 생각이야."

"케이크 가게에서 사지는 않고?"

"혼자서는 들어가기 힘들어."

"오─, 그렇구나……. 그럼 좋아하는 케이크는?"

"왜 그런 걸 신경 써?"

"어."

원만하게 진행되면 가장 좋겠지만 깊이 추궁한다면 이런 의문이 돌아오는 것이 당연하다. 그래도 의미도 없는 일을 생각도 없이 묻지는 않는다.

지금은 아직 말할 수 없는 목적이 료마에게 있으니까 이렇게 묻는 것이었다. 그 목적을 알아차리지 못하도록 제대로 얼버무렸다.

"어─, 미안해. 아직 설명하지 않았네. 사실 알바하는 서점에 심리 테스트 신간이 들어와서 잠깐 읽어봤는데, 좋아하는 케이크로 심리 테스트를 할 수 있다고 그러니까 히메노한테 조금 협력을 받아볼까 했거든?"

"응, 알았어. 히메노가 좋아하는 케이크는 몽블랑이랑 쇼트케이크랑 초코케이크랑 밀크레이프. 네 가지."

"몽블랑에 쇼트케이크에 초코케이크에 밀크레이프……

구나. 알았어."

"심리 테스트 결과…… 어때?"

그저 심리 테스트를 하는 것뿐이라며 의심하지 않는 히메노.

"응. 다정하고 배려심 있는 성격이었어."

"……시바 바보. 지금 적당히 말했다는 거 히메노 알아."

"아, 아하하……. 심리 테스트에 적혀 있던 걸 잊어버려서. 그건 그렇고 잘도 알았네?"

"시바 얼굴, 히죽히죽했어."

"그런가. 그래도 다음에 알아봐 둘게. 한 번 더 확인하겠는데 몽블랑에 쇼트케이크에 초코케이크에 밀크레이프지?"

"응. 결과, 기대할게. 나쁜 말이 적혀 있다면 히메노한테는 이야기 안 해도 괜찮아."

"알았어. 다만 좀 전에 말한 다정하고 배려심이 있다는 건 진짜야."

"시바는 금세 그런 소릴 해……."

"응?"

"아무것도 아냐……."

료마는 마지막을 얼버무리며 히메노가 좋아하는 케이크를 알아내는 데 성공했다. 두 번이나 케이크 이름을 입에 담은 것은 절대로 잊지 않겠다는 마음이 담긴 증거였다.

"그건 그렇고 얼마 후면 1년도 끝인가. 돌아보면 정말 빠르게 느껴지네."

"히메노도 그래."

"뭐, 학교도 20일이면 겨울방학에 들어가니까 이렇게 히메노랑 학교에서 대화를 나누는 것도 올해는 마지막일지도 몰라."

"우연히 만난다든가 하지 않으면, 그럴 거라 생각해……."

"그럼 올해 마지막이라는 핑계로 오늘은 같이 돌아가지 않을래?"

"어?!"

"물론 친구로서 대하고, 히메노 집은 알 수 없도록 도중에 헤어지겠지만."

눈을 크게 뜬 히메노에게 말을 이어서 제안하는 료마. 사실 이 권유는 『올해 마지막』이라는 이유가 아니라 조금 전부터 계획을 짜둔 일이다.

"지금부터는 조금 진지한 이야기를 하겠는데, 히메노 친구…… 아미 씨랑 후코 씨가 우리 관계를 의심할 즈음이 아닐까 생각했거든. 『같이 돌아가는 모습을 본 적 없어』 같은 소리를 하진 않아?"

"어, 어떻게 그걸 아는데……."

그 말을 들은 것은 어제 아미와 통화를 했을 때. 한순간 이 두 사람이 어디선가 이어져 있는 건 아니냐며 히메노는 의심했지만 설명을 듣자 의심은 금세 사라졌다.

"아는 게 아니라 예상할 수 있는 일이잖아. 같은 학교 안에서 사귀는데 같이 돌아가는 모습을 본 적이 없다는 건 역시 위화감이 있는 일일 테고, 친구라면 간단히 알아차릴 테니까."

료마는 지금도 기억했다. 학교 안에서 처음으로 히메노와 만난 11월의 방과 후에 빈 강의실에서 나눈 말을.

"그게, 히메노를 지킬 수 있게 행동하겠다고 한 건 나니까. 알아차린 일이라든지 예상할 수 있는 일을 그냥 내버려 두진 않아."

"시바⋯⋯."

"일단은 같은 학교 선후배이기도 하니까 의지하고 싶은 부분은 사양 말고 의지하라고? 히메노는 전부 혼자서 해결하려고 하지만 그건 정말로 힘든 일이니까."

"웃."

마음 따뜻한 말과 미소에 히메노는 입을 다물며 얼굴을 돌렸다. 연동하듯이 은빛 머리카락이 흔들리고, 그 사이로 살짝 엿보이는 자그마한 귀는 익은 사과처럼 빨개져 있었다.

"히, 히메노⋯⋯ 시바랑 같이 돌아가고 싶지만, 안 돼. 그럴 수 없어."

"무, 무슨 뜻이야?"

"히메노랑 같이 돌아가면, 시바가 히메노 남자친구라는 사실이 특정돼. 그렇게 되었다가는⋯⋯."

히메노는 아쉽게 느껴지는 음색으로 말했다.

지금 현재 상황을 말하자면 히메노에게 남자친구가 있

다는 정보가 퍼졌을 뿐. 그 남자친구가 누구인지는 특정되지 않고 있었다.

특정되지 않는다면 괜한 참견을 당할 일도 놀림당할 일도 소문이 돌 일도 없다. 요컨대 료마의 대학 생활에 영향을 줄 일은 없는 것이나 마찬가지.

진짜 남자친구라면 모를까 그렇지도 않으니까, 폐를 끼칠 수도 매달릴 수도 없었던 것이다.

"그러니까 같이 돌아가는 건 그만두는 편이 나아……."

히메노의 말에 잘못은 없었다. 남자친구가 특정되지 않는 것이 료마를 위한 일.

하지만 료마는 어떻게든 해결법이 될 방안을 떠올렸기에 제안한 것이었다.

"거기에 대해서 하나 깜박하고 말을 안 한 게 있는데, 히메노랑 같이 돌아갈 때는 지금 모습이 아니라 대행할 때의 모습으로 갈 생각이야."

"어."

"학교 안에서 나는 대행할 때의 모습으로 다닌 적이 없고, 상의를 벗어서 복장도 바꾼다면 들키지도 않을 테니까 이러면 어떻게든 될 것 같지 않아? 평소에는 학교에서 눈에 띌 법한 일도 안 하니까, 나는."

료마가 발견한 해결법. 그것이 용모 변경이었다.

학교에서는 한 번도 한 적이 없는 개인적인 복장을 입는 것으로 또 하나, 외모가 다른 인물을 만들어내는 것이다.

이것이 성공하면 학교에 있을 때의 료마에게 창끝이 향하는 일은 전혀 없다.

"시바는 왁스랑 콘택트렌즈 가져왔어……?"

"그렇게 자리를 차지하지도 않으니까 상비하고 있어. 안경이 망가졌을 때라든지, 그럴 때 렌즈가 있으면 편리하니까."

"모, 모습을 바꾸더라도 들킬 가능성 있어."

"솔직히, 들켰을 때는 그냥 들키면 돼. 대행 알바를 시작했을 때부터도, 히메노를 지키겠다고 약속했을 때부터도 그럴 각오는 되어 있으니까."

"……"

료마는 생각도 없이 행동하는 타입이 아니었다. 친구가 많이 있는 것도 아니니까 지인만 아니라면 들키지 않을 자신이 있었던 것이다.

"그럼…… 그러고 싶어. 시바랑 같이 돌아가고 싶어……."

"제안을 들어줘서 고마워."

"아니, 히메노가 더…… 고마워."

이성이면서 이렇게까지 다가와 주는 상대는 료마가 처음이었다. 두근두근 심장 고동이 빨라졌다.

"그럼 언제든지 밖에 나갈 수 있도록 준비는 해둘게. 히메노는 만화 일이 있을 테니 나갈 수 있을 때는 바로 나가는 편이 나을 거라 생각하니까."

"시, 시바는 히메노 손거울…… 쓸래?"

"오! 그거 정말 고마워! 화장실 거울로 세팅하려고 했으

145

니까."

"말하길 잘했네."

"그럼 여기서 준비할게."

이 발언으로 세팅 장소가 정해졌다. 료마는 가방 안에서 콘택트렌즈 케이스와 왁스를 꺼내고, 히메노도 마찬가지로 가방을 열어 파우치에서 손거울을 꺼냈다. 살짝 통통한 박쥐가 귀엽게 그려진 동그란 손거울은 히메노다운 선택이었다.

"자."

"고마워. 시간이 좀 걸릴 텐데 미안해."

"괜찮아. 그 대신에 시바가 바뀌는 모습 보고 싶어."

"봐도 재미있을 건 없을 테지만 그거라도 괜찮다면."

"볼게."

"즉답하는구나……. 그럼 마음껏 보시지요."

대화를 마치고 료마는 히메노의 손거울을 펼쳐서 얼굴이 비치도록 장소를 조정했다. 보기 편한 위치에 조정을 마친 다음에는 동그란 형태의 안경을 벗은 뒤에 렌즈를 착용하는 작업에 들어갔다.

"으, 아플 것 같아……."

"렌즈?"

"맞아. 시바, 눈에 닿았어."

눈을 벌리고서 렌즈를 넣으려고 하는 료마에게 말을 건넨 히메노는 맨눈이었다. 렌즈를 낀 경험도 없으니까 이런 감상을 흘린 것이었다.

"아하하, 이건 바로 닿는 게 아니니까 괜찮아. 옛날에 호기심으로 직접 닿은 적은 있었지만 그래도 아프지는 않았을걸."

"그, 그래?"

"세게 만진다면 아팠을 것 같지만 그냥 닿는 정도라면 괜찮아. 다만 렌즈는 눈꺼풀 뒤쪽으로 들어간다든지 그러니까 그게 무섭네."

"눈꺼풀 뒤쪽? 그건 어떻게 빼?"

"완전히 안쪽으로 들어가서 뺄 수가 없게 되니까, 눈꺼풀에 렌즈가 열 개 정도 차면 수술해."

"어…….."

이때 히메노를 흘끗 봤더니 더 이상 없을 정도로 눈을 크게 뜨고 있었다. 『괜찮아?』라는 기분이 전해질 만큼 걱정하는 표정도 내비쳤다.

사실을 알려주려면 바로 이 타이밍이리라.

"아하핫. 농담이야, 농담. 혹시 눈꺼풀에 들어간다면 눈을 감고 안구를 움직여서 빼낸다는 느낌으로 하면 돼."

"그 농담은 안 돼…….. 엄청 걱정했는데…….."

"미안미안. 조금 장난기가 생겨서. ……자, 이걸로 일단 됐어."

양쪽 눈에 렌즈 삽입을 성공한 료마는 히메노를 돌아봤다.

"어…….. 안경을 안 쓴 것만으로, 역시 전혀 달라…….."

"그건 친구한테도 들은 적 있는 말이야. 히메노도 그렇게 생각해?"

"응, 전혀 달라."

"그럼 왁스로 좀 더 달라질지도. 친구도 놀라게 만든 적이 있거든."

그 말대로 왁스 뚜껑을 연 료마는 검지로 그 왁스를 떠서 양손으로 익숙하게 뒷머리부터 세팅했다.

"……시바, 뒷머리는 거울 안 봐?"

"뒷머리는 중앙으로 모으는 것뿐이니까 거기까진 안 봐도 괜찮아. 그래 봐야 세팅에 익숙한 건 아니니까 마지막에 확인하겠지만."

세팅하는 모습을 흥미진진하게 응시하는 히메노를 앞에 두고 료마도 착착 진행해 나갔다. 오늘 료마는 7 대 3 비율로 머리를 가르고 눈에 드리워 있던 긴 앞머리를 올렸다.

왁스를 발라서 머리카락이 내려오지도 않고 료마의 눈썹과 이마, 그리고 단정한 얼굴이 드러났다.

손거울 사이즈가 작아서 조금 고생했지만 이것으로 세팅도 완성이었다.

"좋아……. 이런 느낌인데, 어디 이상한 곳 있어?"

"괘, 괜찮아……."

"히메노 조금 싱글싱글하는 거 아냐? 이상한 곳 있지?! 어, 뒷머리가 튄다든지?"

"이상하지 않……아."

"정말로?"

"응, 안 이상해."

히메노에게 얼굴을 가져다 대고 심문하자 이번에는 무언가를 참는 것처럼 자그마한 입을 힘껏 다물었다. 히메노는 그대로 고개를 아래로 향하며 료마의 시선을 막았다.

"그렇다면 상관은 없는데……. 어, 뭐, 일단 나는 손을 씻고 올게. 왁스 때문에 손이 끈적거려."

"으, 응."

"히메노 너 진짜 웃음 참고 있는 거 아냐?! 얼굴이 빨개질 정도로 참고 있는데……."

"그, 그렇지 않아. 빨리 손 씻어."

"알았어. 그럼 다녀올게."

딴죽을 원치 않는 일에 딴죽이 들어오면 살짝 강한 말투가 되어버리는 것도 어쩔 수 없으리라. 그런 히메노에게 백기를 든 료마는 순순히 지시에 따르기로 했다.

"바이바이."

"아니아니, 다시 돌아오는 거 알지?!"

히메노의 이상한 말에 제대로 반응한 료마는 손을 씻으려고 강의실 문으로 향했다. 그리고 왁스가 묻지 않은 팔꿈치로 문을 열려고 했을 때였다. "아" 하고, 한 마디를 꺼내고서 돌아보았다.

"히메노, 하나 깜박했어."

"뭐, 뭔데."

"오늘, 히메노랑 돌아가고 싶다는 건 내 본심이기도 해. 친구한테 이 관계를 들키지 않으려는 거라든지 지켜주고 싶다고 그런 건 히메노랑 같이 돌아가려는 구실이니까."

"으으……."

이것으로 할 말은 다 했다는 듯이 미소를 드러낸 료마는 강의실을 나가서 문을 닫았다.

갑작스러운 이야기에 멍한 표정을 지은 채로 히메노는 홀로 남았다.

적막한 분위기에 뒤덮인 빈 강의실. 1초 1초가 지나고…… 히메노의 입가는 점점 풀어졌다.

"……시바 바보."

그녀의 입에서 흘러나온 것은 다정한 음색의 불평이었다. 어째서 갑자기 그런 말을 덧붙였는가——. 그것은 히메노를 즐겁게 해주기 위해서다. 폐를 끼쳤다는 생각을 없애주기 위해서다. 그걸 안 것이었다.

"어째서 시바는 이렇게나 기쁜 일만 해주는 거야……. 이상해……."

투덜투덜 말하는 히메노는 감사의 마음을 전하는 것처럼 료마의 왁스와 콘택트렌즈 케이스를 한데 모아 정리했다.

이어서 이제 쓰지 않을 자신의 손거울을 들고 파우치에 넣으려던 그때, 히메노는 보고 말았다.

뚜껑을 닫기 직전, 그 손거울에 비친 자신의 새빨간 얼굴을. 그것은 히메노가 이제까지 본 적도 없을 만큼 붉은색을 띠고 있었다.

"말도 안 돼……."

자신이 어떻게 되었는지 선명하게 깨닫고 만 것은 히메노에게 큰 대미지였다.

료마에게 이 얼굴을 내보였다는 수치심이 더욱 샘솟아, 점점 얼굴에 열기가 어려 왔다.

"정말이지, 뭐야……."

히메노는 뚜껑을 닫아 손거울을 책상에 다시 놓고…… 자그마한 양손으로 얼굴을 덮었다. 그것만이 아니라 계속 참고 있던 본심이 새어 나오고 말았다.

"시바, 탓이야. ……너무 변했, 잖아……."

히메노의 입가가 풀어진 것은, 그 후에 입을 꾹 다문 것은 료마에게 이상한 부분이 있었기 때문이 아니었다.

외모가 격변하는 만화 같은 차이를 현실에서 보고 말았기 때문이다.

히메노는 직업상, 이런 일을 그저 상상하는 것만이 아니라 어딘가 동경하기도 했다.

"그렇게나 멋있어지는 거…… 치사해……."

히메노의 눈에 새겨진 것은 빈 강의실을 나가기 전의 료마 얼굴이고, 그것은 전부 히메노를 위한 것이다. 그런 다정한 상대와 함께 돌아갈 수도 있기까지 하다. 학교에서 처음으로 같이 돌아갈 수 있다. 기쁜 일만 가득했다.

"어쩌지……. 시바 때문에 얼굴, 돌아오질 않아……."

이때만큼은 히메노의 무표정이 연신 무너지려고 했다.

그래도 지금부터 있을 일을 학수고대하는 심정은 아무리 노력해도 감출 수 없는 것. 히메노는 의자에서 늘어뜨린 다리를 파닥파닥 흔들며 료마를 애타게 기다렸다.

그리고 하교 시간.

어깨를 나란히 하고 복도를 걷는 두 사람을 목격한 학생들은 충격을 받은 표정을 연이어 짓게 되었다.

"저, 저것 봐……. 로, 로리린이…… 로리린이 남자를 데리고 있는데……?!"

"진짜잖아……. 아니, 허? 저, 저게 소문의 남자친구인가?!"

"아니, 저 거리감이면 무조건이라니까. 다른 사람도 아니고 히메노가 완전히 마음을 터놓은 모습이잖아……."

"두 사람 키 차이 장난 아냐……. 게다가, 저거 뭐야……. 저 남자 완전 멋있는데……."

"저 사람, 우리 학교 아니지?! 아닌 거지?! 다른 대학에서 마중 왔나……?!"

"히메노, 어쩐지 즐거워 보여……."

히메노와 남자친구 같은 남자가 같이 돌아갔다는 충격적인 정보는 거미줄처럼 차례차례 퍼져나갔다. 그것은 히메노의 인지도가 얼마나 높은지를 증명하는 일이었고, 친구인 아미와 후코에게도 이 정보는 전해지게 되었다.

그날 밤, 20시 40분.

『히메놋치―! 오늘 료마 씨랑 같이 돌아갔다며?!』

『오, 역시 후코한테도 정보가 전해졌구나. 나한테도 들어왔거든―. 두 사람이 나란히 돌아갔다는 이야기.』

히메노, 아미, 후코. 세 사람이 참가하는 트위트 그룹 DM에는 이런 메시지가 오가고 있었다.

『아미 대답 빠르다! 바로 읽었다고 떠서 깜짝 놀랐네.』

『마침 트위트 보고 있었으니까 바로 알았거든. 뭐, 후코도 이야기 상대가 생겨서 잘됐잖아?』

『그건 맞지! 그래서 아까 하던 얘기인데, 이것 참 대담하게 나오셨다고, 료마 씨. 인기 있는 히메놋치랑 당당하게 돌아가다니. 이거 내일부터 소문에 소문이 겹쳐서 큰일이 벌어질 거야, 틀림없이!』

히메노에게 남자친구가 있다는 정보는 퍼져 있었지만 그 남자친구가 누구냐는 것까지 특정되지는 않았다. 그게 이번 일로 밝혀지고 만 것이었다.

사귄 경위 등등, 료마가 여러 추궁을 당하리라 예상하는 후코였다.

『어―, 내 생각이지만 그래도 그건 대책을 세웠을걸? 여하튼 이제까지 사귄다는 사실을 계속 숨겼을 정도니까.』

『어? 같이 돌아갔다는 건 사실인 모양이니까 결론이 난 거 아냐? 이제 주위에 들켜도 괜찮아―라는 느낌으로.』

『평범하게 생각하면 그렇게 되겠지만, 료마 씨는 두 개의 얼굴을 가지고 있잖아? 학교에 있을 때랑 데이트할 때로. 그러니까 히메노랑 같이 돌아갈 때에는 데이트할 때의 모습으로 바꾼 거 아닐까?』

『아, 그렇구나! 료마 씨는 학교에 있을 때는 계속 오프 상태니까 그쪽을 안 들킨다면 딱히 문제없나! 우와, 진짜 머리 좋네…….』

『히메노는 기뻤겠네, 료마 씨랑 같이 돌아갈 수 있어서.』

어제 아미는 히메노에게 전화를 했고, 그때 장래에 대해서 고민한다는 이야기를 들었다. 제대로 남자친구한테 의지하고 응석을 부리는 데 성공했구나, 라는 생각이 들었다.

『그야 기쁘겠지―. 같이 보내는 시간이 늘어났고, 나쁜 벌레가 들러붙지 않도록 행동해준 걸 테니까.』

『나쁜 벌레라는 게 무슨 소리야?』

『아니, 크리스마스까지 앞으로 2주도 안 남았잖아? 남자친구가 있다는 정보가 있더라도 히메놋치한테 데이트하자고 권유하려는 남자는 잔뜩 있을 테니까, 이번에 료마 씨가 얼굴을 비춘 건 그에 대한 견제의 의미도 있었을 거라 생각하는데.』

『하―! 그렇구나!! 료마 씨 진짜 히메노를 소중하게 대하잖아!』

『히메놋치가 홀딱 반했을 정도니까 말이지―. 그 정도로 대응 안 했으면 그렇게 되지도 않았을 거야.』

『그건 그래!』

히메노가 없는 곳에서 멋대로 신이 났다. 둘 다 수다를 좋아하다 보니 이것만큼은 멈출 수 없었다.

『애당초 료마 씨가 멋지니까 말이지. 쓸데없이 거드름 피우지도 않고, 우리한테도 다정하고. 역시 히메노가 선택한 남자친구야.』

『어쩐지어쩐지, 히메놋치는 료마 씨 앞에선 엄청 응석 부릴 것 같지 않아? 아니면 몰래 싱글싱글한다든지. 부끄러울 때는 손으로 얼굴을 감추고.』

『남자친구한테만 보여주는 표정이라든지—!』

그러고는 놀리는 것 같은 화제로 발전했을 때, 이야기의 중심에 있는 인물이 모습을 드러냈다.

『둘 다 시끄러워.』

『오! 소문의 히메놋치 출현!!』

『어라어라, 그 대답을 보니 정곡이었다는 걸까—?』

『왜 바로 놀려. 히메노 아직 메시지 한 번 밖에 안 보냈는데.』

『그게 말이지, 히메놋치가 악담이나 불평을 할 때는 정곡을 찔렸거나 기쁘거나, 둘 중 하나니까—.』

『후코 정답!』

『그런 거 아냐.』

실제로 『그런 게 아니지 않다』가 정답이었다. 아미와 후코가 정답이다.

『아니, 응석 부리는 히메놋치를 뵙고 싶은걸! 언제 보여줄래—?』

『왜 보여줄 거라 생각하는 거야.』

『혹시나 하는 건데—, 시바랑 손잡을래! 같은 소리 하는 거 아냐?』

『안 해.』

『허그해줘~! 안아줘~라든지!』

『쥐 같은 거 안 해.』

히메노는 출현하자마자 아미랑 후코한테 장난감 취급을 당하고 말았지만, 이 대화는 일상다반사라서 불만스럽게 느끼지는 않았다.

싫은 것은 싫다고 말한다. 그것이 히메노였다.

『아, 그래그래. 오늘은 히메놋치한테 물어보고 싶은 게 하나 있어서 메시지 보낸 거기도 하거든.』

『후코가? 뭔데?』

『히메놋치는 이미 크리스마스 데이트 예정이 정해졌을까 싶어서.』

『데이트 가는 건 정했지만 아직 장소는 안 정했어.』

히메노는 귀가 후, 곧바로 대행 회사에 연락을 넣어서 료마를 예약했다. 이제는 데이트 날짜인 24일을 기다릴 뿐.

『우와—, 마침내 리얼충의 대화가 시작됐어—. 나 괴로워—.』

『미안하다니까! 조금만 참아줘. 그리고 질투에 빠지도록 해.』

『허어?! 후코 내일 때린다.』

『우호. 무서워무서워.』

이 중에서 크리스마스 예정이 없는 것은 아미뿐. 이렇게 되어버리는 건 어쩔 수 없지만, 그렇게 장난을 치며 대화에 끼었다.

『그러면 아까 하던 얘긴데, 우리 남자친구가 일루미네이션 페어 티켓을 얻어줬는데 실수로 24일이랑 25일을 잘못 샀거든. 티켓을 한번 사면 취소도 못 하니까 요컨대 이틀치를 가지고 있는 거야.』

『응.』

『우리는 25일에 일루미네이션 갈 건데, 혹시 24일에 데이트 예정이 있다면 이 티켓을 히메놋치가 쓰진 않을래? 줄 사람이 있다면 줘도 된다고 그랬어.』

『괜찮아? 히메노가 데이트하는 거 24일.』

『그럼 그냥 써줘! 이대로는 그냥 종잇조각이 되어버리니까 그건 아까운걸.』

『그럼 받을래. 돈은 낼 거니까.』

『괜찮아괜찮아! 그랬다가는 우리 남자친구가 쓸데없이 미안해할 테니까. 그럼 티켓은 내일 줄게─! 일루미네이션 접수처에 티켓을 주면 바로 입장할 수 있어.』

『고마워. 무척 기뻐.』

데이트 장소로 고민하던 히메노에게 이 메시지는 그저 낭보였다. 『티켓을 받았으니까 거기로 간다』라고 마음 편히 말할 수 있기도 하니까.

『있지, 호기심에 물어보는 건데. 후코랑 히메노는 크리스마스 선물로 뭘 줄지 결정했어?』

『나는 손수 만든 과자를 줄까 싶어. 히메놋치는?』

『히메노는 아직 안 정했어. 선물은 과자가 제일 기쁠까? 가르쳐줘.』

『그건 사람에 따라서 다르겠지만, 히메놋치가 손수 만들어서 준다면 료마 씨 울 정도로 기뻐하지 않을까? 역시 파는 것보다 좋아하는 사람이 열심히 만든 걸 받는 게 기쁠 테니까!』

『그건 맞지! 히메노는 과자 만든 경험 있어?』

『과자는 한 번도 만든 적 없어.』

히메노는 슈퍼마켓이나 편의점에서 과자를 대량으로 구입하는 스타일이다. 이제까지 과자를 만든다는 생각은 한 적 없었다.

『호—! 그렇다면 히메놋치의 선물도 손수 만든 과자면 되겠네!』

『왜 심술궂은 소릴 하는데. 히메노 처음이니까 후코처럼 예쁜 과자 못 만들어.』

료마에게 미움을 받고 싶지 않다. 그 마음이 강한 히메노는 토라진 메시지를 전면으로 내세워 싫다고 이야기했다.

하지만 그것은 착각이라고도 할 수 있었다.

『이건 놀리는 게 아니야! 오히려 처음이니까 좋은 거라고! 료마 씨를 위해서 익숙하지 않은 일을 한다는 점이 포인트 완전 높으니까!』

『농담이 아니라 후코한테 동감인데. 료마 씨라면 그런 걸로 불평하진 않을 테고, 날 위해서 열심히 해줬다며 기뻐할 거야.』

『그런, 걸까.』

『아무리 그래도 이런 거짓말은 안 한다니까! 아, 하지만 료마 씨가 과자를 싫어한다면 선물 내용은 바꾸는 편이 나을 것 같은데, 그런 쪽으로는 어때?』

『시바, 쿠키 같은 거 좋아해.』

『그렇다면 이미 선물은 결정이잖아! 나처럼 손수 만든 과자면 괜찮을 거야!』

『기왕이면 후코랑 히메노 둘이서 같이 만들어보는 게 좋지 않겠어? 히메노는 후코한테 배울 수 있고, 후코는 연습을 한 번 겸할 수 있고. 서로 좋은 일이라고 생각하는데.』

『그도 그러네! 나는 완전 OK인데, 히메놋치는 어때? 료마 씨한테 최고의 선물을 해보지 않을래?』

『응. 그거라면, 열심히 하고 싶어…….』

『히메노, 나 응원하니까! 모쪼록 다치진 말도록!』

『잠깐, 아미—? 나도 응원해줘—!』

『내일 때리는 게 응원이니까 기대해.』

『무서워!』

사이좋은 세 사람의 이런 메시지는 심야까지 계속되고, 과자를 만드는 계획도 세웠다.

그리고 대학교도 겨울방학을 맞이하여——다가온 것이다.

12월 24일. 료마와 데이트를 하는 당일, 크리스마스이브가.

* * * *

"어라, 료마. 오늘…… 놀러가게? 크리스마스이브에?"

"으, 응. 음식은 만들어둘 테니까 꼭 먹어. 날짜가 바뀌기 전에는 돌아올 테니까."

시각은 17시 30분. 서점 알바를 마치고 집에서 대행 준비를 시작한 료마에게 카야가 말을 걸었다.

"이 날이라면 누구랑 데이트하는 거야? 혹시 전에 이야기해준 좋아하는 사람? 조언이 잘 먹힌 건가?"

"아, 아니야. 오늘 노는 건 남자야, 남자. 내가 좋아하는 사람하고는 아직 거리가 있어."

처음 대행을 할 때, 료마는 좋아하는 사람이 있다는 거짓말을 해서 누나인 카야에게 조언을 받았다. 그 이야기를 다시 끄집어낸 것이었다.

"응? 거리가 있다니 그거 진심으로 하는 말이야?"

"카야 누나의 조언을 살리려고 노력했는데 꽤 어렵더

라고."

"료마가 말하는 거리라는 건 어느 정도 느낌이야? 손은 잡아?"

"아니, 그저 만나서 이야기를 나누는 정도야."

"아, 그래."

료마는 알지 못했다. 카야에게 들킨 것뿐만이 아니라 지금 발언으로 자멸해버렸다는 사실을. 그렇다, 카야는 하즈키와의 대행을 보고 말았다. 귀갓길에 그런 현장을 본 이상, 다가가지 못했을 리가 없다는 것이 당연한 인식이다.

"나한테 거짓말을 하다니 료마도 성장했구나."

"거짓말 아니야! 정말이라니까!"

"뭐, 일단 즐기고 와. 날짜가 바뀌기 전까지는 제대로 돌아올 것."

"당연히 알고 있어. 무슨 일 있으면 연락할 거야."

"부탁할게."

카야는 주제를 바꿨을 뿐 딱히 추궁하지는 않았다. 다만 료마가 거짓말을 했다는 것은 확신하고 있었다.

"……."

"……."

말투나 음색은 평소 그대로지만 료마에 대한 불쾌한 심정은 압력으로 드러나는 중이다. 이야기를 꺼내기 어려운 분위기가 감돌 정도. 빨리 집을 나가고 싶어질 정도다.

"으음…… 나, 이제 슬슬 가볼게. 이제 곧 집합이니까."

"알았어. 친구를 기다리게 하진 말도록 해."

"응……."

카야와의 대화는 그것이 마지막이었다.

오늘, 히메노와의 약속 장소는 히가시 공원 분수 앞. 첫 번째 대행 이후로 변함없는 약속 장소.

집에서 10분은 더 있어도 시간이 충분하지만 이 공간에서 도망치듯 현관으로 향했다. 어쩐지 평소와는 달라 보이는 카야에 대한 위화감과 켕기는 감정을 품고서.

그리고 료마가 집을 나섰을 때, 그 석연치 않은 상황은 최악의 방향으로 굴러가고 있었다…….

"갑자기 연락드려서 죄송해요, 하즈키 매니저. 지금 사무실에 계신가요? ……아, 그렇군요. 죄송하지만 일에 대해서 확인하고 싶은 게 있는데요──."

카야는 수십 일 전에 료마와 데이트를 하던 하즈키에게 전화를 걸었다. 크리스마스이브의 상대를 찾는 것과 업무 확인을 겸해서.

카야 안에서는『그걸 하는 게 아닐까』라는, 어렴풋한 해답이 떠오르는 것이었다.

"카야 누나, 조금 이상했는데……."

크리스마스이브 저녁. 기온은 9도로 싸늘했다.

하얀 숨결을 크게 내쉬며 불안을 감추는 것 같은 행동을 취하는 료마는, 검은 롱 코트 주머니에 손을 넣고서 약속 장소로 향했다.

"내 기분 탓이라면 좋겠는데…… 그렇게 여겨지진 않네."

캬아에게 들켜서는 안 된다. 애인 대행 알바를 한다는 사실을.

이 알바는 캬바쿠라나 호스트와 같은 종류로 묶인다. 대인 트러블이 많은 일을 허락해줄 리도 없고, 보고 연락 상담이라는 가족 규칙을 무시해버리기도 했다.

혹시 알려진다면……. 그런 상상을 하는 것만으로도 무서웠다.

안전하게 지냈으면 좋겠다. 학업에 전념했으면 좋겠다. 그런 마음을 가진 카야와, 부담을 주고 싶지는 않다며 조금이라도 많은 돈을 벌고 싶은 마음을 가진 료마.

서로를 소중하게 생각하기에 이런 엇갈림이 발생하고 만다.

"……아니, 알바 전에 무슨 생각을 하는 거야. 사고 전환, 사고 전환."

일에 사사로운 감정을 개입시켜서는 안 된다. 료마가 조금이라도 불안을 드러내면 히메노에게 쓸데없는 걱정을 끼치고 만다. 이 일은 일단 잊고 데이트를 즐긴다. 대행인으로서 해야 할 일을 하는 것이다.

료마는 스마트폰으로 현재 시각을 확인하고, 예정된 18시에 딱 맞춰 도착하도록 움직였다.

그리고 수십 분 뒤, 약속 장소인 히가시 공원에 도착한 료마의 눈은 벤치에 앉아 있는 히메노의 모습을 포착했다. 하얀 터틀넥 원피스에 검은색 레이스업 부츠를 신은 자그마한 모습. 어깨에는 에나멜 숄더백을 메고 있다.

오늘로 다섯 번째 대행. 두 사람의 거리는 자연스럽게 줄어들고 있었다.

"히메노—!"

"아!"

멀리서 말을 건네며 걸음을 옮기는 료마의 목소리를 듣고 움찔 반응한 히메노는 곧바로 그쪽을 돌아봤다. 눈이 마주치자 벤치에서 곧바로 일어서서 타박타박 부츠 소리를 울리며 작은 보폭으로 걸어온다.

히메노는 료마의 눈앞에 딱 멈추더니, 아름다운 자수정 눈동자로 올려다보며 이렇게 전했다.

"시바, 기다렸어."

"아하핫, 이렇게 맞아줄 줄은 몰랐어. 정말 고마워."

"……기, 기대하고 있었어……으니까."

"그건 나도 그래. 솔직히 히메노보다 기대하고 있었을지도."

"웃, 바보."

히메노는 대답할 말이 전혀 떠오르지 않았는지 니트 원피스 소매를 입가에 대며 수줍음을 감추듯 불평을 던졌다.

복슬복슬한 원피스에 자그마한 몸이 감싸여서 그런지

평소 이상으로 귀엽고 보호 욕구가 느껴졌다.

"다음에, 히메노한테 이상한 소릴 했다가는 시바의 뺨을 꼬집을 거야."

"정말? 그럼——."

"——응."

"앗차차!"

이상한 소리(히메노가 부끄러워할 법한 소리)를 하기 직전, 히메노가 뺨을 향해 가느다란 팔을 뻗었다.

"시바, 발돋움 금지. 뺨을 못 꼬집겠어."

"아직 아무 말도 안 했는데?"

히메노와 료마의 키 차이는 20센티미터 이상. 히메노가 손을 뻗더라도 료마가 발돋움을 하고 상체를 피한다면 그 손은 얼굴까지 닿지 않는다.

"말하려고 했으니까, 막았어."

"아하핫, 들켰네. 이제는 말 안 할 테니까 용서해줄래?"

"응. 혹시 말한다면 조금씩 해줘……. 안 그러면 히메노는 이야길 할 수가 없어."

"알았어. 다음부터는 그렇게 할게."

말이 서툴고 앳된 히메노는 칭찬을 받거나 기쁜 이야기를 들으면 금세 기뻐하는 감정이나 부끄러운 감정이 넘쳐나고 만다. 그것도 상대가 료마라면 더더욱 스스로가 벅차게 되어버리는 것이었다.

"그래서 회사한테는 종료 시각밖에 못 들었는데, 히메노는 이미 행선지 결정했어?"

"오늘은 일루미네이션을 갈 생각이야. 친구한테 티켓 받았어."

"오오…… 일루미네이션인가!"

"시바는 올해 아직 누구하고도 간 적 없어? 두 번째라면 조금 재미없을지도…….'

"올해 처음이니까 괜찮아. 게다가 히메노랑 가는 거면 두 번째든 세 번째든 즐거울 거야."

"……그, 그래. 그렇다면, 됐어……."

"응."

료마는 처음으로 대행했을 때와 전혀 변하지 않았다. 히메노의 걱정을 제치고 크게 고개를 끄덕였다.

당연하다는 것 같은 얼굴에 히메노는 말로 표현할 수 없는 감정으로 가득해졌다.

"시바, 오늘 밤은 추우니까 주의. ……따뜻한 음료를 마시고 싶다면 바로 말해."

"후후. 고마워, 히메노."

이때 갑자기 참는 것 같은 웃음을 머금는 료마.

"왜 웃어?"

"오늘 춥다는 걸 알면서도 방한 도구…… 장갑을 안 끼고 왔구나 해서."

"으…… 오늘 시바 짓궂어……. 정말로 짓궂어……."

전부 꿰뚫어 보는 것 같은 표정으로 말하기에 장갑 없이

온 이유를 들켰다고 깨달은 히메노. 전부 알고 있다면 이제는 될 대로 되라, 였다.

히메노는 다짜고짜 료마의 오른손 검지를 덥석 붙잡았다.

"시바랑 손, 잡고 싶었어……. 왜 이런 부끄러운 말을 하게 만드는데……."

"아, 아하하…… 그럴 생각은 없었다고?"

료마의 말에 거짓은 없었다. 그저 가볍게 놀렸을 뿐.

생각지도 못한 형태로 히메노의 마음속 목소리를 듣게 된 료마는, 붙잡힌 손을 다정하게 풀고 히메노의 손을 감싸는 형태로 잡았다.

"어, 히메노 손 차갑네."

"미안해……. 놓을까?"

"아니아니, 사과할 일이 아니야! 혹시 일찍부터 기다려 준 거야?"

"데이트, 더는 기다릴 수가 없었으니까……."

"히, 히메노……."

히메노에게 시선을 향했더니 고개를 숙이고서 눈을 마주쳐주지 않았다. 다만 자그마한 손을 꾸물꾸물 움직일 뿐.

용기를 내어 전하면서 한계를 넘었는지, 그렇게 귀여워진 반응에 말문이 막혔다. 유일하게 대답할 수 있었던 것은 히메노의 이름뿐. 료마의 심장소리는 히메노에게 전해질 것만 같이 크게 변화하고 있었다.

"이, 일단 일루미네이션으로 갈까. 일단 만났으니까 빨리 안 가면 시간도 아깝고."

"응……."

만나고서 5분 만에 서로 수줍은 감정을 느끼며 공원을
빠져나갔다.

그리고 몇 분을 걸어가서 지하철을 타고 아홉 역. 그곳
에서 택시로 갈아타고 15분.

『빛의 낙원』으로 일컬어지는 일루미네이션, 플로럴 텐보
스라는 테마파크에 도착했다.

접수처에는 커플과 가족이 길게 줄을 서 있고, 수만 수
십만의 빛이 환상적인 입구를 만들고 있었다.

"시바, 커플이 가득해……."

"예상은 했지만 이렇게나 많을 줄이야. 솔직히 놀랐어."

"다들 알콩달콩하네."

"아하하, 역시나 크리스마스이브라는 느낌이야."

이것은 줄에 선 커플을 보고서 나온 감상이다. 두 사람
앞에는 허리에 손을 두른 커플이나 머플러를 함께 감고 있
는 커플, 팔짱을 낀 커플 등등 거리에서 보는 것보다 더 많
은 커플이 시야에 들어왔다.

"……시바. 히메노는 시바랑 커플로 보일 것 같아?"

"응? 우린 데이트하러 여기 왔는데 그런 걱정을 하는
거야?"

"그, 그게……."

두 사람은 진짜 연인이라고는 할 수 없었다. 주위와 비

교해서 붕 떠 있지는 않을까, 하는 걱정이 있는 것이리라. 이런 부분을 거들어주는 것도 일의 일환.

"그럼 이렇게 해볼까."

히메노의 차가운 손을 데워주려고 감싸는 모양새로 붙잡고 있었지만 그걸 바꾸었다. 붙잡고 있던 힘을 느슨히 풀고는 히메노의 손가락과 손가락 사이에 하나씩 손가락을 감아서 맞대고 다시 꼭 잡았다.

누구라도 아는 애인 사이에 손잡는 법이었다.

"이걸로 좀 안심해준다면 기쁠 텐데, 아직 불안해?"

"응…… 고, 고마워……. 이제 괜찮아……."

"그렇다면 다행이야."

료마는 애인으로서 히메노와 만나고 있다. 중요한 것은 의뢰인인 히메노를 불안하게 만들지 않고 데이트한다는 실감을 줄 수 있도록 하는 것. 긴장감은 있어도 제대로 해내야만 한다.

"평소랑 마찬가지로 무언가 신경 쓰이는 일이라든지 하고 싶은 게 있다면 가르쳐줘."

"응, 그럼 시바 손…… 좀 더 힘껏 잡아도 돼?"

"그 정도라면 나한테 확인할 필요 없어. 히메노가 원하는 대로 하면 되니까."

"그럼, 꼭 잡을게……."

"알았어."

순진한 히메노인 만큼 응석을 부리는 방법이 어린아이

같아서, 료마는 여유로운 척했지만 심박수는 착실하게 계속 올라갔다. 데이트 스폿이기 때문만이 아니라, 주위의 분위기가 히메노를 한 사람의 여성으로 눈뜨게 하고 있었다.

"그러고 보니 히메노는 일루미네이션에 온 거 얼마 만이야? 작년에 친구랑 왔다든가?"

접수가 끝날 때까지 수십 분은 걸릴 것이다. 료마는 시간을 때우기 위한 화제를 꺼냈다.

"아니, 고등학생이 된 뒤로는 한 번도 안 왔어. 중학생 때 가족이랑 온 정도."

"어?! 그럼 3년 만이야?!"

"맞아. 시바한테는 말해줬는데, 히메노는 남자친구 만든 적 없어. 그러니까 남자하고도 처음 왔어."

"어쩐지 그렇게 말하니까 부끄럽네. 제대로 리드할 수 있도록 노력할 테니까 즐기자."

"시바랑 같이 있으면, 히메노는 전부 즐거워."

"저, 저기…… 오늘은 발언이 좀 대담하지 않아? 기분 탓인가……."

히메노의 진지한 얼굴은 이럴 때에 효력을 발휘했다. 직설적인 호의를 전하는 만큼 수줍은 진심을 드러내고 만다.

만났을 당시와 지금, 히메노가 변한 점을 들자면 마음을 전하는 빈도가 늘어난 것.

"시바는 항상 이런 말 해. 게다가, 악질."

"악질이라고?!"

"시바는 이야기만이 아니라 행동도 하니까. 아까, 갑자기 애인처럼 손을 잡았어."

"어, 혹시 그거 싫었어……?"

"싫지 않아. 놀랐지만…… 기뻤어. 애인 같이 잡았고, 그것도 히메노가 아니라 시바가 먼저 해줬으니까."

히메노는 맞잡은 손으로 시선을 옮기고, 다음으로 료마를 보고, 또 깍지 낀 손을 봤다. 그 행동은 마치 이 현실을 강하게 확인하는 것만 같다.

"어라, 혹시 내가 솔선해서 손을 잡은 적은…… 한 번도 없었구나."

"응. 하지만 시바는 입장이 있으니까 어쩔 수 없다고 생각해."

히메노는 알고 있었다. 대행인 측은 수세로 움직여야만 한다는 사실을.

대행인 측에서 자발적으로 움직이는 것은 문제가 아니지만 그 판단을 그르치고 만 경우, 좋지 않은 기분을 품는 것은 의뢰인 측이 된다. 대행을 만족시켜야 하는 위치에 있는 대행인에게 이것은 무척 위험도가 높은 일.

애인 대행 만화를 그릴 때에 조사해서 안 것이다.

트러블을 피하며 원만한 데이트를 진행하는 방법은 의뢰인에게 부탁을 받고 승낙하는 흐름으로 가는 것.

하지만 그 흐름을 안 히메노에게 이제 이런 형태는 맞지 않았다.

"히메노, 시바라면 싫다고 생각 안 해. 그러니까 시바가 먼저 움직여주는 건 기뻐……."

"그렇게 말해주니까 기쁘긴 한데…… 정말?"

"응."

틈을 두지 않고 대답한 히메노를 보고 료마는 연기인 게 티가 나는 수상쩍은 표정을 만들었다. 배려해서 해준 말인 가, 하는 느낌을 받았기에 일부러 농담을 건넨다.

"그렇게 말해버리면 장난치고 싶은데, 라고 할까 보다."

"시바는 장난, 뭘 할 건데?"

"어?"

"시바는 히메노한테 어떤 장난을 칠 거야?"

반쯤 놀리는 심정으로, 너무 그런 소리는 하지 않는 편 이 낫다는 의미를 담아 입을 열었더니 예상치 못한 질문이 날아들었다.

예상도 하지 않았던 료마는 머리를 고속으로 굴려서 그 럴싸한 소리를 곧바로 끌어냈다.

"예를 들면 오늘 데이트 중에, 계속 손을 놓지 않는 장난 이라든지……? 그때그때 손을 잡는 방법을 바꿔본다거나?"

"웃."

눈을 크게 깜박이는 히메노.

"그레이존에 들어가기는 하겠지만 히메노의 어깨를 만 져본다……든지."

"웃!!"

마지막에 말한 행동은 히메노가 싫어할 경우 레드존이 된다. 이것은 반쯤 위협 같은 것. 『싫다고 생각 안 해』 같은 소리는 하지 않는 편이 낫다며 걱정을 담아 꺼낸 말이다.

이 발언을 이용당해 대행인에게 싫은 일을 당할 가능성도 있다. 대행인 모두가 충실하게 규칙을 지킨다고는 할 수 없는 부분도 있으니까.

하지만 그 걱정과는 달리…… 히메노는 보석 같은 눈동자에 더욱 빛을 머금었다.

"좋아."

"어?"

"그 장난, 히메노한테 해."

"잠깐만. 정말로 무리하진 말라고. 손을 놓고 싶은 타이밍도 있을 테니까 아까 그건 농담……."

"해."

말에 말을 덮어씌운 히메노는 료마에게 도망칠 길을 남기지 않았다.

"히메노가 좋다고 했어. 그러니까, 해도 돼."

"……."

한순간 하즈키의 말이 뇌리를 스쳤다. 『의뢰인의 함정에 걸려들어서 그만두고 마는 경우가 있다』라고.

실제로 이런 시추에이션에서 걸려드는 것일 테지만, 료마는 히메노를 신뢰했다. 그런 불안은 스스로 걷어냈다.

"응─, 알았어. 그럼 일단 손은 놓지 않을게."

"어깨 쪽은 언제……?"

어쩐지 즐거워하는 분위기가 엿보이는 것은 일루미네이션이 눈앞으로 다가왔기 때문일까. 그것은 히메노밖에 알 수 없는 일이다.

"그건 나중 일로 생각해줄래? 아직은 좀 타이밍을 못 잡겠다고 할까."

"알았어. 기대하며 기다릴게."

"기대?"

"시바가 잘못 들었어."

"아니, 절대 잘못 들은 게 아닌 것 같은데."

그런 대화를 나누는 사이에 줄은 또 하나 앞으로 나아갔다. 다만 료마 뒤에서 이 대화를 듣는 사람은 마음속으로 딴죽을 걸고 있었다.

『여기 여친, 남친이 그렇게 해주길 바라는구나……』라고.

히메노는 싫은 것은 싫다고 말한다. 그러지 않은 시점에서 장난으로 성립되지는 않는 것이다.

"와……."

"우와……. 굉장한데……."

건물 안으로 입장 접수를 마치고 간신히 플로럴 텐보스에 들어온 두 사람을 처음으로 기다리던 것은 밤하늘 아래서 환하게 빛나는 일곱 빛깔 화원. 고개를 좌우로 움직이지 않으면 시야에 담을 수가 없을 만큼 거대한 면적을 두고 만들어져 있었다.

"시바, 좀 더 가까이 가고 싶어."

"나도 그렇게 생각했어. 앞쪽으로 갈까."

거리에서 보는 일루미네이션과는 아예 다른 모습. 들어와서 5분도 안 되는 시간 만에 빛의 세계에 압도당한 두 사람은 일곱 빛깔의 빛에 이끌려 다리를 옮겼다. 피부를 찌르는 추위는 뒷전이 될 정도였다.

"시바, 굉장해. 굉장해……."

히메노는 작은 목소리로 연호하며 바쁘게 고개를 두리번거렸다. 눈을 크게 뜨고서 이 아름다운 광경을 새겼다.

표정이 풍부하지 않은 히메노지만, 흥분한 모습임은 틀림없어서 맞잡은 손을 그네처럼 움직이고 있다.

"저기, 하트 모양이야. 저쪽에는 별님……. 저쪽은 눈 모양……. 색깔도 점점 변해……."

"아하핫, 그러네."

맞잡지 않은 쪽의 손으로 말하는 곳을 가리키는 히메노는 정말로 귀여웠고, 다음 순간에는 무릎을 구부려서 눈앞에 있는 광원을 가까이서 보려고 했다.

깍지 끼고 손을 잡은 상태에서 이 자세로 바꿔버리면 두 사람의 키 차이가 크게 영향을 미친다.

"으엇?!"

"아, 미안해……."

"나야말로 괜히 놀라서 미안해. 과장스러운 반응을 해버렸어.”

히메노는 웅크리면서 료마의 팔을 강한 힘으로 잡아당기고 말았지만, 금세 상황을 이해하고서 료마도 같이 몸을 숙였다.

“…….”

“…….”

말이 사라진 참에 히메노를 흘끗 봤더니, 일루미네이션을 가만히 바라보며 얼굴에 그 빛을 받고 있었다. 그래도 손을 잡고 있다는 의식은 제대로 있는 것이리라. 료마의 손을 놓지 않겠다며 힘을 주기도 했다.

빛에 비친 히메노의 옆얼굴은 어떤지 어른스럽게도 보였다.

“예쁘네, 히메노.”

“응, 엄청 예뻐…….”

이런 두 사람을 보고 커플이라 생각하지 않는 사람은 없으리라. 완전히 이 공간의 분위기에 녹아들어 있다.

“즐거워, 시바.”

“아직 막 시작된 참이지만 정말 그래.”

말을 건네며 또다시 히메노를 돌아보는 료마. 당연한 대응을 할 뿐이지만 이런 로맨틱한 상황 가운데…… 우연히도 시야에 들어오고 말았다.

히메노가 앉으면서 니트 원피스가 당겨지며 흠 없는 하얀 허벅지가 드러났다는 사실이. 무릎을 굽히고 앉아 있는 만큼, 부드러운 그 허벅지는 말랑하게 옆으로 늘어난 상태였다.

"읔."

불쾌하게 느끼지 않도록 곧바로 시선을 피하려고 노력했지만 미처 얼버무릴 수 없는 부분이 있었다.

"시바, 왜 그래?"

"어?!"

"손을 꾸물꾸물 움직였어."

"어, 어—…… 미안해. 이 풍경에 조금 감동해서……."

"후후, 히메노도 그래."

손을 움직여버린 이유를 말할 수도 없어서 어떻게든 그럴싸한 소리를 했더니 납득해주었다. 히메노의 피부에 의식을 빼앗기지 않도록 정면을 보자 히메노는 이쪽을 보라는 것처럼 손에 힘을 꾹꾹 줬다.

"히메노 생각해. 처음 대행한 상대…… 시바가 아니었다면 어떻게 되었을지."

"실은 나도 생각한 적이 있는데, 이 회사가 없었다면 나랑 엮일 일은 없지 않았을까 생각하거든. 설령 학교에서 엇갈려 지나가더라도 모르는 사람에게 말을 걸 용기는 나한테 없으니까."

"생각하는 것만으로도, 싫어."

"아하핫, 하긴 이렇게 친해졌으니까."

"히메노, 시바랑 만날 수 있어서 정말 다행이야."

"그것도 똑같아. 나도 히메노랑 만나지 못했다면 이렇게 시간도 낼 수 없었을 테니까……. 아니, 어쩐지 부끄러워졌어."

"히메노도 생각했어……."

이런 이야기는 서로가 마음을 터놓아야만 할 수 있다. 이런 감정이 샘솟는 것은 당연하리라.

"시바, 다음으로 가자."

"더 안 봐도 되겠어? 히메노 페이스에 맞출 테니까 나는 신경 쓸 필요 없는데."

"고마워. 하지만 히메노가 괜찮아."

"그래? 알았어. 그럼 다음 장소로 이동할까."

"응."

여전히 손을 잡은 채 일곱 빛깔 화원에서 일어섰다. 그대로 손님의 흐름에 따르듯이 파란 조명으로 강조된 길을 나란히 걸어갔다.

"아, 그렇지. 히메노는 일루미네이션 사진 같은 건 안 찍어도 돼? 봐, 주변 손님들은 잔뜩 사진 찍고 있고, 만화를 그릴 때 도움이 될 것 같은데."

료마의 시야에 비치는 것은 셀카봉을 사용해서 사진을 찍는 커플과, 일루미네이션 테마를 하나하나 찍고 있는 가족들.

멋진 광경이나 풍경은 사진에 담아서 형태로 남기고 싶다는 사람이 많으리라.

그런데도 히메노는 스마트폰을 꺼내는 모습도 보이지 않고 있었다.

"히메노는 괜찮아. 한 번밖에 못 보는 광경이 마음에 더 남을 테니까."

"그런 사고방식도 있나……. 그럼 일부러 안 찍는다는 느낌이네?"

"풍경 같은 건, 그래. 카메라 너머가 아니라 히메노의 눈으로 계속 보고 싶어."

이후로 히메노는 일루미네이션을 보러 갈 예정은 세우지 않았다. 그러니까 료마와 온 이 일루미네이션이 올해의 처음이자 마지막이 된다.

사진을 찍느냐 아니냐, 그것은 사고방식에 따라 차이가 있을 테지만 나름대로 후회가 없는 선택을 한 것이었다.

"그리고 사진을 찍으려고 하면 그쪽으로 집중해버리니까."

"어? 히메노한테 그건 안 되는 일이야? 그, 사진을 찍을 때는 집중을 해야 예쁘게 찍을 수 있으니까 어쩔 수 없는 것 같은데."

"그, 그게 아니라……."

"그게 아니라?"

그 부분에서 머뭇거린 히메노는 료마에게 흘끗흘끗 시선을 보냈다.

"……히메노는, 시바랑 보내는 시간…… 가장 소중히 하고 싶으니까."

"……어?!"

"그러니까, 사진은 안 찍어. 혼자서 집중하지 않아."

"아, 아하하……."

용기를 낸 것이리라. 히메노는 사진을 찍지 않는 가장 큰 이유를, 뺨을 핑크빛으로 바꾸며 가르쳐주었다.

본래 이런 말에도 제대로 대답을 하며 대화를 나누는 것이 대행인의 역할이지만 료마는 아직 경험이 부족했다. 내용을 이해하고는 수줍은 웃음으로 답하는 것이 고작이었다.

료마는 이때 또다시 느꼈다. 아니, 확신했다. 오늘 히메노는 어쩐지 껍질을 깨고 있다고.

"어, 어쩐지 말이지? 히메노는 확실히 대담해졌구나? 내 기분 탓이 아니라고 생각하는데…… 혹시 누군가한테 조언이라도 받았어?"

"아니, 히메노가 그러는 편이 좋다고 생각했어. 부끄러워하지 않고 확실하게 전하는 편이 좋다고……. 시바랑 만나는 거 아마 올해는 마지막이니까."

"……그런 이야기였구나."

이제야 간신히 히메노의 언동이 제대로 이해됐다. 대담한 마음을 전하면서 히메노가 이야기의 주도권을 쥐는 것 같은 모양새였지만, 이 이유를 알고서 금세 형세는 역전되었다.

"혹시 잘못됐어……?"

"확실히 마음을 말로 전해주는 건 기뻐. 하지만…… 히메노가 계속 무리하는 건 기쁘지 않을지도."

"무리 안 해."

"그렇게나 얼굴이 빨간데도?"

"빨갛지 않아."

"거울 보러 갈래?"

"그, 그건 안 돼……."

료마의 제안에 작게 고개를 가로저으며 부정하는 히메노. 짚이는 바가 없다면 순순히 응했을 것이다. 일루미네이션의 빛이 없다면 얼굴을 감출 수 있었을 테지만, 이 장소에 있는 한 그것은 불가능하다고 할 수 있었다.

"나를 생각해주는 건 정말로 고맙지만, 히메노는 평소 그대로였으면 좋겠어. 오히려 평소 그대로인 편이 더 기뻐. 나는 히메노를 잘 아니까, 무리하지 않았으면 해."

"……."

헌신적. 히메노는 그야말로 그런 타입이리라.

말하는 것이 서툴기에. 그리고 표정에 드러내는 것이 서툴기에, 이 기회에 료마에게 올해의 감사를 전하려고 한 것이리라.

이 행동은 훌륭하지만 무리를 하면 할수록 데이트에 집중할 수가 없게 되는 것은 틀림없었다.

"감사하는 마음은 제대로 전해주고 있고, 그 이외의 마음을 제대로 전하지 못했더라도 나는 확실하게 느껴. 이제까지 히메노를 상대로 실례된다고 생각한 적은 한 번도 없으니까."

"……읏."

이 말이 이번에 전하고 싶었던 것 중 하나. 료마는 히메노의 손에 강하게 힘을 실었다.

긴장해버릴 법한 데이트는 료마로서도 히메노로서도 달갑지 않다. 조금 더 말하자면 료마는 공세에 들어간 히메노에게 주도권을 잡히고 있었다.

대행인으로서의 업무를 완수하려면, 순진한 히메노에게 부담을 주지 않도록 대행인인 료마가 리드해야 한다.

"열심히 노력하는 히메노도 물론 좋지만, 나는 역시 자연스러운 모습의 히메노가 좋아."

"으…… 거짓말쟁이. 그럴 리가 없어……."

"어? 히메노는 남자친구 말을 안 믿어주는구나?"

"……읏."

이야기의 주도권은 완전히 료마 쪽으로 넘어갔다. 그것만이 아니라 이 말에 히메노의 입가는 웃음을 참는 것처럼 작게 오므라들었다.

무리를 하던 히메노와 자연스러운 히메노. 어느 쪽을 칭찬해야 더 기쁠지는 생각할 것까지도 없었다.

"……알았어. 히메노, 원래처럼 할게. 시바가, 그쪽이 좋다고…… 말했으니까."

"그래. 이건 본심이니까."

"응."

그 대화를 마지막으로 히메노도 강한 힘으로 손을 잡아주었다. 따스하게 느껴지는 분위기에 감싸였을 때, 료마는 움직였다.

"오! 히메노, 봐. 이번에는 저쪽으로 가보지 않을래?"

료마는 어느 일루미네이션을 가리켰다. 그곳에 있는 것은 빨강과 핑크 빛깔이 벤치를 뒤덮은 하트 일루미네이션이었다.

그곳에는 커플이 줄을 지어 서 있고, 이곳의 스태프가 『자, 치―즈』라는 신호를 하며 커플 사진을 찍어주는 서비스가 진행 중이었다.

"자, 저거라면 두 사람의 시간을 보낼 수 있으니까 괜찮지 않을까? 추억도 될 테고."

"그건 필요 없어……. 사진 찍는 거, 다들 본다는 게 부끄러워……."

"그럴 거라고 생각했어."

"음, 알면서 왜 그런 소릴 해."

"미안해. 제대로 자연스러운 모습으로 돌아왔는지 확인하려고. 좀 전의 상태였다면 가겠다고 그랬을 테니까."

"……시바 확인 방법, 치사해."

"히메노가 이런 남자친구를 고른 게 잘못이야."

"바보."

"아하핫."

장난을 친다면 그에 상응하는 악담을 던지지만 전혀 무섭지 않은 것이 히메노의 특징이다. 자연스러운 모습으로 돌아온 것을 보고 료마도 간신히 평상심을 되찾았다.

그리고 두 사람은 빛의 터널이나 거대한 크리스마스트리, 푸른빛의 융단이 펼쳐진 물가 등등, 몽환적이고 질리지 않는 일루미네이션을 차례차례 둘러봤다.

그다음 장소에서.

"아!"

히메노를 움찔, 크게 반응시키는 것이 시야에 나타났다. 그것은 빛으로 장식된 동물들의 오브젝트, 애니멀 일루미네이션이었다.

"봐. 시바, 잔뜩 있어."

"우와, 그건 무서운데."

"시바가 잔뜩 있다는 의미가 아니야. 동물이 잔뜩 있다는 의미."

"나이스 태클. 가까이 가보자."

"응…… 고마워."

"왜 히메노가 고맙다고 그래?"

"왠지 모르게."

히메노는 왠지 모르게 감사를 할 법한 성격이 아니다.

『갈래?』라는 질문이 아니라 『가자』라는 대답이었기에 응하기 편했던 것이다.

두 사람은 그대로 동물 오브젝트로 다가갔다.

올해의 테마는 북극인지, 동물 라인업은 순록에 북극곰에 펭귄에 바다표범으로 무척 진귀한 것들이 모여 있었다.

그중에서 히메노가 가장 빠져든 동물은 펭귄이었다. 출입금지 로프 앞에 서서 정면으로 얼굴을 마주하고는 빤히 바라보고 있었다.

"이거, 엄청 잘 만들었어……."

"그러고 보니 히메노는 동물을 좋아했지."

"응, 정말 좋아해. 오늘은 이것도 보고 싶었어."

오늘 봐왔던 일루미네이션들과 비교하면 임팩트는 약하지만 사람에 따라 제각각 취향이 있다. 동물을 무척 좋아하는 히메노로서는 무척 감명 깊은 모양이었다.

"히메노 집엔 동물 계열의 귀여운 아이템 같은 게 잔뜩 진열되어 있을 것 같은데."

"응, 맞아. 고양이 슬리퍼라든지 곰 티슈 상자라든지 상어 인형이라든지 있어."

"동물을 기르지는 않고?"

"히메노, 지금은 혼자 사니까 안 길러. 본가에서는 개랑 고양이 길렀어."

"혼자 사는구나…… 아니, 어? 개랑 고양이? 그러면 싸우진 않아?"

"개도 고양이도 사이좋아. 다만 개는 커다라니까 밖에서 길러."

"호오, 그럼 대형견이구나?"

"그래. 힘이 세니까 산책이 힘들었어."

"……."

"왜 말을 안 해?"

"저기, 히메노가 혼자서 산책시켰어……? 대형견을?"

이건 무척 실례겠지만 개한테 끌려가는 히메노를 간단히 상상해버렸다. 자그마한 히메노가 대형견을 제어할 수 있을까……라는 의문이 앞섰다.

"지금, 실례되는 거 시바가 생각했어."

"아, 안 했는데?"

"히메노가 개한테 끌려다닐 것 같다고 생각했어. 이유는 다른 사람들도 다들 그랬으니까."

"그, 그렇구나……."

예상부터 이유까지 제대로 입에 담는 히메노였다. 게다가 맞았으니까 료마는 쓴웃음으로 답할 수밖에 없었다.

"그럼 제대로 리드하면서 산책할 수가 있었구나."

"응, 얌전한 성격이었으니까. 시바는 동물 좋아해?"

"응. 나도 좋아하지만 기른 적은 없어. 그래서 동경하니까…… 장래에는 기를 수 있다면 좋겠다고 생각해."

"그럼 시바는 동물을 좋아하는 여자친구가 좋아?"

"알러지나 취향 같은 게 있을 테니까 무리하게 따질 건 없겠지만 욕심을 부리자면 그쪽이 좋겠지."

"후후."

솔직한 대답을 들은 히메노는 안도를 드리우듯 눈을 가

늘게 떴다. 그것이 대체 어떤 의미인지, 둔감하지 않았다면 어느 정도는 알 수 있었을지도 모른다.

그 후로는 순록에서 북극곰까지 천천히 애니멀 일루미네이션을 봤다.

정말로 동물을 좋아하는 것이리라. 이곳에서 몇 분이나 멈춰 서 있는 것은 히메노뿐. 히메노는 전부 다 봤다며 만족스럽게 고개를 끄덕끄덕해서 료마에게 알려주었다.

"시바, 다음 장소로 가자. 시바는 보고 싶은 곳 없어?"

"나? 난, 그러네. 20시 30분부터 분수쇼가 있다고 팸플릿에 적혀 있던데, 히메노는 흥미 없어? 앞으로 20분 정도면 시작될 테니까 지금부터 가면 딱 적당한 시간일 테고, 다리도 조금 쉴 수 있을지도."

"……정말로 신기해. 시바는 어떻게 히메노가 다리 아프다는 거 알았어?"

"남자친구라서 그런 게 아닐까?"

"정말이지……. 또 그런 소릴 해……."

"아하하, 미안미안."

솔직히 돌아다니기만 해서 료마도 다리가 피곤한 참이었다. 인도어파인 히메노가 그 이상으로 지쳤으리라는 것은 간단히 예측이 되는 일이다.

"그럼 빨리 가서 휴식 겸 좋은 장소를 잡아둘까."

"응."

다음 계획도 결정하여 팸플릿에 그려진 지도에 따라 분

수쇼가 보일 장소까지 이동하자…… 시간이 시간이라 그 런지 빈자리를 찾을 수 있었다.

"오, 마침 저기 벤치가 비어 있네. 저기 앉을까."

"빨리 찾아서 다행이야. 시바 덕분."

"아니아니, 운이 좋았을 뿐이야."

그렇게 대답하고 다른 손님이 먼저 자리를 차지하지 않 도록 종종걸음으로 가서 그 자리를 잡았다.

바깥 공기와 맞닿은 벤치는 싸늘했다. 여기서 료마는 집 중 공부한 성과를 보였다.

한 손을 롱코트 주머니에 넣어 두꺼운 손수건을 꺼내고, 그걸 펼쳐서 벤치에 놓더니 히메노를 다정하게 안내한 것 이다.

"자, 앉도록 해."

"……여기?"

"응. 손수건 위로. 히메노 옷차림 그대로 앉는 건 추울 테고, 흰옷이니까 때가 타진 않았으면 할 것 같아서."

"……"

어안이 벙벙하다는 듯이 눈을 깜박깜박하는 히메노. 이 럴 때의 진지한 표정은 무엇을 이야기하는지 아직 파악할 수 없는 부분이었다.

"어라, 혹시 손수건이 없는 게 나았을까? 쓸데없이 참견 해버린 느낌인가……."

"그, 그게 아니야. 고마워…… 놀랐을 뿐……."

그러더니 히메노는 손수건 위에 앉고, 다음으로 료마가 앉았다. 두 사람의 거리는 주먹 하나만큼. 그동안에도 계속 손을 맞잡고 있었지만 이때 히메노에게 변화가 생겨났다.

"히메노, 왜 그래? 어쩐지 안절부절못하는 것 같은데."

"그, 그게 말이지. 이렇게 해줄 거라고는…… 생각 안 했으니까."

히메노는 엉덩이를 대고 있는 손수건 모퉁이를 부드럽게 잡고서 『이렇게』를 나타냈다.

"시바, 익숙했어. 다른 여자한테도 했다는 거 알아……."

당황에서 기쁨으로. 마지막엔 답답한 표정을 짓는 히메노는…… 어쩐지 토라진 것 같은 말투로 이야기했다.

본래 이런 말을 건넨다면 대행인은 대답하기 곤란하리라. 익숙하게 행동하는 것은 이 일을 한다면 자연스럽게 벌어질 수 있는 일.

하지만 료마는 그렇지 않았다.

"이렇게 하는 건 히메노가 처음이야, 정말로."

"……."

발언한 순간에 빤히 의심의 눈빛이 날아왔지만 료마는 반박하지 않고 계속 말했다. 지금 히메노의 기분이 네거티브로 기우는 것을 깨닫고서.

"내 실수라고 할까 미숙한 점을 히메노에게 전하는 것도 미안하지만, 제일 처음에 히메노랑 데이트한 날 마지막, 기억해?"

"기억해."

"그 공원 벤치에 앉아서 히메노랑 이야기했을 때, 그리고 다른 데이트 때도 이렇게 한 적 없었잖아?"

"……맞아."

"그러니까 그렇게 생각해주면 기쁠 것 같아. 혹시 내가 이런 일에 익숙했다면 처음부터 히메노한테 했어. 적당히 넘어가는 식으로 하는 건 히메노한테도 회사한테도 실례니까."

데이트 분위기가 조금 무너져버렸지만 믿음을 얻으려면 진지한 표정과 그에 상응하는 태도를 보여줄 수밖에 없다. 음색도 바꾸어서 사실이라고 호소하는 료마였다.

"그, 그럼 왜 오늘은 할 수가 있었어……?"

"어? 그것만큼은 안 물어봤으면 했는데 말이지……."

"이야기해줘. 어떤 이유라도, 히메노 괜찮아."

"혹시 말 안 한다면 명령이라고 지시를 내린다든지 할 거야?"

"아! 명령이야."

"이런……. 지금 그거 때문에 완전 들켜버린 것 같네……."

"덕분에."

료마의 한마디로 히메노는 우위에 섰다. 이것으로 이제 도주로는 막혔다.

"뭐라고 할까…… 대행 관계를 빼고 말하는 거라 해도 신빙성은 낮을 테지만, 순수하게 히메노를 만족시키고 싶어서야. 그래서 즐겁게 만들어줄 수 있도록 공부해서 익혔다? 그런 느낌이라고 해야 되나."

"……."

"진지한 이야기가 되겠지만, 오늘은 크리스마스이브이기도 하니까 히메노가 다른 친구들한테 자랑할 수 있을 법한 데이트를 하고 싶어서……. 이건 자존심 문제이기도 하고, 히메노의 남자친구로서 어울리도록 해야겠다는 생각이기도 하고."

『데이트에 실패해서 나쁜 인상을 주고 싶지 않을 뿐이잖아?』『돈 때문에 그럴듯한 소리를 하는 것뿐이잖아?』라고 말한다면 부정할 수는 없다.

다만 그런 마음보다 더 히메노를 생각해서 공부를 한 것임에는 틀림없었다. 진지하게 의뢰인과 마주하고 다가갔기에, 베테랑 킬러라고도 일컬어지는 하즈키에게도 좋은 인상을 주었던 것이다.

"그러니까 그런 느낌으로 할 수 있게 된 거야. 애를 쓴다는 건 절대로 들키고 싶지 않았지만 히메노가 명령이라고 하니까……."

처음에 료마는 가능한 한 익숙한 척 연기를 해서 리드할 생각이었지만, 히메노가 요즘 그 사실에 무언가 답답한 심정을 품고 있음을 알아차렸다.

쓸데없이 꾸미지 않고 보란 듯이 토라진 모습을 드러낸 료마는 히메노의 어깨에 툭 어깨를 맞추고서 얼굴을 마주했다.

"시, 시바는 너무 진지해……. 아마 그런 대행인은 없어……."

"이런 부분만큼은 그럴지도. 내가 하는 일은 데이트에 익숙한 사람이 유리하니까. 즐겁게 만들어주기 위한 비축분에서 차이가 나고, 실제로 경험 있는 사람들뿐이라서 익숙하지 않은 나는 따라가는 것만으로도 벅차고."

"그거, 첫 번째 데이트에서 말해줬으면 했어……."

"아니, 그런 소리를 했다간 의지가 안 될거라 생각했거든."

친해졌으니까 할 수 있는 말이다. 벤치에 앉으며 또 하나의 대화가 끝난 순간.

"에취."

갑자기 입을 가리는가 싶더니 히메노는 작게 재채기를 했다. 벤치에 앉은 채 몸을 움직이지 않은 만큼 냉기가 돌기 시작한 것이리라.

"히메노 말대로 점점 추워지네. 슬슬 내 코트 입을까. 몸이 차가워졌지?"

"아니, 괜찮아."

"절대 괜찮지 않은 것 같은데……."

"시바도 추워질 테니까, 하고 싶지 않아. 이건 방한을 안한 히메노 책임."

"히메노는 너무 책임감이 강하다니까……. 날 위해서 꾸몄으니까 반 정도는 내 책임으로 하지 않을래?"

"하지 않을래."

"그래⋯⋯."

료마를 생각해서 단호하게 고개를 끄덕이지 않는 히메노. 멀쩡하지도 괜찮지도 않다는 것은 조금 전의 재채기를 들으면 알 수 있었다.

어떻게든 지금 상황을 타개하려고 머리를 굴렸더니——,

"아."

그 해결책이 문득 떠오른 기억 속에 있었다.

"히메노, 잠깐만 손을 놓을게."

"안 돼⋯⋯. 계속 잡고 있을래⋯⋯. 시바가 계속 잡는 장난을 치겠다고 그랬어."

히메노는 자그마한 손에 최대의 힘을 싣고서 놓지 않으려고 했다. 그런 필사적인 모습이 귀엽지만 료마도 제대로 된 목적이 있었기에 한 말이었다.

"또 하나의 장난 기억해? 이제부터 그걸 하고 싶은데, 손을 잡은 상태로는 못 하니까."

"아! 알았어."

히메노가 그 말을 듣고는 퍼뜩 손을 놓아주었다. 료마가 언급한 장난은 둘이다.

손을 놓지 않는 장난에 어깨를 건드리는 장난. 지금부터 료마가 하려는 것은 후자다.

다섯 번 대행을 하면서 후자는 처음. 어느 쪽을 우선시할지는 모두 일치할 것이리라.

"그럼 지금부터 할게."

"응."

히메노는 허벅지 위에 양손을 얹고서 몸을 작게 웅크렸다. 료마가 어깨를 만지기 편하도록 해준 것이리라. 료마에겐 좋은 일이었기에 료마는 긴장감을 억누르고자 행동에 나섰다.

"움직이지 말고."

그렇게만 주의를 준 료마는 롱 코트 앞섶을 만지고, 그곳을 붙잡은 채로 히메노의 등 뒤에서 어깨로 둘렀다.

그리고 그 상태로 반대쪽 손을 써서 코트 옷자락을 히메노의 몸 정면까지 끌어당겼다.

"어어?!"

"히메노가 상상하는 것과는 다를 테지만…… 참아줘."

료마는 코트를 입은 채, 빈 공간을 사용해서 히메노의 몸까지 폭 덮은 것이었다. 그러고는 말한 대로 어깨를 건드려서 코트가 벗겨지지 않도록 뚜껑으로 삼았다. 이것으로 료마도 춥지 않고 히메노도 추위에서 지켜줄 수가 있다.

코트 안에서는 료마와 히메노의 몸이 맞닿고 있었다. 서로의 체온을 느낄 수 있을 정도로.

"시, 시바…… 어, 어떻게……."

"응?"

갑작스러운 일에 히메노는 굳어 있었다. 그것은 놀랐다기보다도 이 전개에 짚이는 바가 있었기 때문이다.

"어떻게…… 시바가 알고 있어? 이거, 히메노가 만화에서 그렸던 거…….'

"2권 맞지? 서점에 있는 데빌짱 선생님의 만화, 항상 즐겁게 읽고 있……다기 보단 다 읽어봤으니까."

"어?!"

"역시 만화처럼 잘되지는 않았는데, 그건 미안해."

히메노가 만화가임을 안 료마는 조금이라도 매상에 공헌할 수 있도록 데빌짱의 만화를 구입해서, 마지막까지 읽었다.

이런 우연이 겹쳐 지금 이 전개가 탄생했다. 히메노는 코트 안에서 꼼짝도 않고 아기 펭귄처럼 온기에 몸을 맡겼다.

"이대로 분수쇼를 볼까. 앞으로 5분 뒤면 시작하니까."

"정말로 괜찮아?"

"물론."

"그럼, 이대로 볼래…….'

히메노는 몸 앞으로 드리운 료마의 코트가 벗겨지지 않도록 자기 손으로 잡아당겼다. 도롱이벌레 같은 포지션을 만든 것이다.

"……시바한테 몸, 기대도 돼?"

"안 돼."

"아니, 안 되지 않아…….'

히메노의 대답은 처음부터 정해져 있었다. 료마의 대답을 제쳐두고 자그마한 몸을 기대어왔다.

"······히메노가 무거우면 말해."

"전혀 안 무거워. 오히려 가벼워서 걱정될 정도야."

"그렇다면, 됐어."

몸을 기대며 두 사람의 거리는 더욱 줄어들었다. 히메노는 코트를 이불 대신으로 삼아서 목 위만 살짝 내밀더니 료마의 몸을 베개처럼 사용했다.

"시바."

"하핫. 무슨 일이야, 조금 전부터."

"저기······ 있잖아. 일루미네이션, 처음으로 같이 보러 온 남자가 시바라서 다행이야······. 히메노, 정말로 다행이야."

"잠깐만?! 이, 이 자세로 그런 말 하면 안 된다고······."

"후후, 시바······ 두근두근 울려. 이 자세니까, 알 수 있어."

"익숙하지 않으니까 이렇게 되는 거야······. 아니, 히메노도 순진해서 나랑 똑같이 된 거 아냐?"

"그렇지 않아······."

결국 마지막엔 무승부였다. 히메노는 코트 안으로 얼굴을 가리고 부정했지만 편안하면서도 부끄러워 얼굴을 새빨갛게 물들이고 말았다.

그럼에도 이 자세는 무너지지 않는다. 두 사람은 움직이지도 않고 분수쇼를 맞이하게 되었다. 쇼는 30분 뒤에 끝난다.

빛과 물의 예술에 취하며······ 이따금 료마의 몸에 뺨을 비비며 데이트를 즐기는 히메노였다.

시각은 21시 40분. 일루미네이션을 빠져나와서 택시와 전철을 타고 가장 가까운 역까지 돌아온 두 사람.

히메노는 택시 안이나 전철 안에서도 살며시 손을 잡으면서 데이트에 대한 아쉬움을 내비쳤다.

"벌써 이런 시간…… . 빨라…… ."

대행 종료까지 앞으로 20분. 오늘은 네 시간의 데이트였는데 정말로 순식간이었다.

"일루미네이션 정말 예뻤지."

"응, 최고의 추억이 됐어. 시바한테 응석도 부릴 수 있었어…… ."

"분수쇼가 끝나고도 벤치에서 움직이지 않았을 정도로 말이지?"

"그, 그건 아냐. 시바가 움직이지 않았을 뿐."

"어라, 『조금 더 이대로 있을래』라고 그런 건 누구였더라."

"시바."

"나인가…… ."

빤히 보이는 거짓말을 하는 히메노에게 어쩔 수 없이 사과하는 료마였다.

둘이서 약속 장소이기도 했던 공원을 향해 걸음을 옮기기를 3분. 료마는 어느 가게가 보이자 입을 열었다.

"저기…… 말이지, 히메노한테 이런 이야기를 하는 건

정말로 미안한데, 내가 하나 바라는 게 있거든?"

"뭔데."

"여기 가게에 잠깐만 들러도 될까……?"

료마가 가리킨 것은 유명한 케이크 체인점. 폐점까지 20분 남은 가게다.

"히메노는 괜찮은데, 이제 곧 닫으니까 남아 있는 케이크는 없지……않아? 매대에도 전부 없어졌어."

"사실은 오늘 예약을 넣어서, 닫기 전까지는 가져가겠다고 연락을 했거든."

"그럼 서두르는 게 좋겠어. 히메노, 밖에서 기다릴게."

"미안해, 정말로 고마워."

히메노가 돈을 지불하고 있는 시간에 이런 행동을 한다면 화를 내더라도 불평할 수는 없다. 회사에 클레임을 걸 가능성도, 네거티브한 인상을 주고 말 가능성도 있다. 그런 리스크를 안으면서도 이런 행동에 나선 것은 제대로 된 이유가 있었기 때문이다.

료마는 지갑에서 예약 용지를 꺼내고 서둘러 가게 안으로 들어가서는 매대 앞에서 직원에게 보여줬다. 그리고 예약한 케이크를 문제없이 받아 히메노 곁으로 돌아왔다.

"시간을 써버려서 정말 미안해. 제대로 받아왔어."

"받았으면 다행이야. 시바도 히메노한테 응석을 부려줘서 기뻐."

"고마워, 히메노."

대행인으로서 이런 행동이 아웃이라는 것은 알고 있었다. 히메노의 다정함을 이용했다고 해도 과언이 아니지만, 료마는 그녀가 싫은 표정 하나 짓지 않는다는 사실에 그저 감사할 따름이었다.

　"히메노는 집으로 돌아갈 때 편의점에서 케이크를 살 예정이었지?"

　"맞아. ……다만 히메노보다 우위에 선 책임은 져야겠어."

　"우, 우위? 나…… 그런 짓을 해버렸나?"

　"지금 그거, 편의점 것보단 케이크 가게 케이크가 낫다는 식으로 들렸어."

　"정말로 그런 생각은 아니었거든?! 그냥 확인했을 뿐이고…….'

　"히메노는 그렇게 생각했어. ……일루미네이션 때처럼 히메노 어깨, 만져준다면 용서할게."

　억지스러운 히메노의 노림수는 누구라도 알 수 있으리라. 그럼에도 소극적인 히메노로서는 무척 궁리한 편이었다.

　"시바, 어떻게 할래?"

　"어떻게 하기는, 그런 식으로 나와버린다면 선택지는 하나밖에 없겠네…… 아하하."

　"그럼 할래?"

　"응. 할게."

　"아!"

　그 말에 눈을 연신 깜박거리는 히메노는 마치 기쁨을 표현하고 있는 것만 같았다.

료마가 이러는 것은 이번이 두 번째. 첫 번째로 할 때보다도 저항감은 없었다. 또한 크리스마스이브라는 환경도 어깨를 쉽게 안도록 만드는 요소 중 하나.

지나쳐 가는 많은 사람들은 주위를 신경 쓰지 않고서 알콩달콩했다. 거기에 섞여드는 게 편하다.

료마는 히메노의 어깨를 건드리더니 다정하게 끌어안았다.

히메노의 몸은 정말로 가벼워서 강한 힘을 실으면 간단히 자세가 무너질 것이다. 그렇게 되지 않도록 신중하게 움직였다.

"히메노는 손을 잡는 것보다 이쪽이 더 좋아?"

"아니, 양쪽 다 똑같을 만큼 좋아……. 다만, 시바가 이렇게 해주는 건 오늘이 처음이니까. ……오늘이 아니면 이런 말은 못 할 거라고 생각했어."

"달리 말해서, 오늘처럼 즐거운 일을 할 수 있다면 부탁할지도 모른다……고 이해하면 될까?"

"그럴, 지도. 아니면 둘만 있을 때. 지금은 다들 알콩달콩하니까, 할 수 있어."

"그래. 알았어."

"시바는 또 데이트 공부해……?"

"물론이지. 공부해도 손해 볼 일은 없고, 히메노랑 데이트하는 건 기쁘니까."

"……그럼 시바가 히메노의 의뢰에 기뻐할 수 있을 만큼, 히메노도 노력할게."

"노력한다고?"

"더욱 유명한 만화가가 될게."

히메노는 유명한 상대와 데이트하는 편이 기쁠 것이라 생각했지만, 그건 사람에 따라 다르다.

"음―, 히메노의 본업은 그쪽이니까 더욱 유명해지겠다는 목표는 중요하다고 생각하지만, 나는 의뢰인이 어떤 위치에 있는지 같은 건 신경 안 써. 일단 히메노의 의뢰를 기쁘게 생각하고, 실제로 데이트할 때는 매번 시간이 흐르는 것도 빠르니까."

"……."

"항상 고마워. 오늘은 용기를 내고 마음을 이야기해주기도 해서…… 그것도 기뻤어."

"그거, 다시 떠올리는 거 금지……."

"아하하."

감정표현이 서투른 히메노는 역시나 무리를 했던 건지, 부끄러움을 감추듯 강하게 호소했다. 안겨 있는 어깨와는 반대쪽 어깨를 료마에게 바짝 대고서 반항했다.

"……히메노 어깨, 좀 더 힘껏 해준다면 용서할게."

"그, 그건 더 끌어안으라고?"

"그래. 남은 시간도…… 적으니까."

"알았어. 아프다든지 그러면 바로 말해."

"응……."

이 자세가 마음에 든 건지, 히메노는 료마에게 계속 몸을 기대고 있었다. 계약 시간 종료, 이별까지 시시각각 시간이 다가왔다. 이것은 히메노에게도 료마에게도 힘든 시간. 그 마음이 날씨로도 드러나는 것처럼 가루눈이 팔랑팔랑 춤추기 시작했다.

"시바, 22시가 됐어."

"……그러네."

"시바가 먼저 말 안 하는 거, 오늘이 처음인 것 같아."

"으음, 뭐라고 할까…… 있잖아. 히메노가 먼저 말해줘서 고마워……."

계약 종료 시간, 22시. 가루눈이 내리는 공원에서 이런 대화를 나누었다.

대행인으로서 의뢰인에게 계약 종료 시각을 전하는 것은 당연한 일이고, 입장 상 어떻게 해도 피할 수 없는 일.

하지만 신세를 지는 데다 이렇게 즐거운 시간을 꾸며준 히메노에게 돈 이야기를 꺼내는 것은 아무래도 저항감이 있었던 것이다.

"오늘은 이런 느낌으로 끝나버릴 텐데…… 히메노, 다음에 그릴 만화는 제대로 그릴 수 있겠어?"

"괜찮아. 틀림없이."

"오? 그렇게 단언하면 나도 안심이야."

자그마한 체형에 동안. 히메노의 외모만 보면 의지가 안 될 거라 느끼고 말지만 그녀의 내면은 데빌짱이라는, 많은 팬을 거느린 프로 인기 만화가다.

그런 사람이 말하는『틀림없다』에는 상당한 힘이 실린다.

"아마도 1월 1일까지는 그릴 수 있을 거야."

"어, 그렇게나 빨리?! 역시 작업 페이스가 빠르구나."

"크리스마스 내용이니까 너무 늦으면 철이 지나가는걸. 그리고 다음 일이 1월에 있으니까 하나에 집중할 수 있다는 것도 있어."

"호―, 그렇구나."

현실 세계와 만화 세계의 시계열은 같다. 투고가 늦어지면 늦어질수록 붐의 효과는 떨어져 버린다.

히메노는 이 만화도 상업화로 이어가기 위해 전력으로 매진하고 있었다.

"좋아요를 얼마나 받았는지, 투고하면 시바한테 가르쳐 줄게."

"그건 기대되네. 참고로 좋아요 목표 숫자는 있어?"

"시바를 놀라게 만들 정도. 지금 정했어."

"그러면 5만은 필요할 텐데 괜찮겠어?"

"어……. 그거 다른 만화가한테 했다가는, 바보냐고 그럴 숫자."

"아하하, 굉장한 숫자라는 건 알지만, 히메노는 그걸 받을 수 있을 만큼의 실력을 가졌으니까 그냥 빈말은 아니야."

"······."

히메노의 만화를 읽고 그녀의 실력을 높이 샀기에 누구라도 달성할 수 있을 법한 숫자는 꺼내지 않는 료마였다.

그냥 빈말이 아니라 진짜 이유를 말해주는 것은 프로 만화가로서 영광스러울 따름이었다.

"히메노, 열심히 할게. 그러니까 목표를 달성한다면······ 시바한테 소원 말하고 싶어."

"그때는 뭐든 들어줄게. 그만큼 굉장한 일이니까."

"뭐든? 정말?"

"아, 상식적인 범위라는 건 덧붙여야겠지만."

"알았어. 더욱더욱 열심히 할게."

대행 종료 이후로 5분이 지나고 이야기도 적당히 마무리된 참에 료마는 기분을 전환했다. 힘겨운 시간과 마주하는 것이었다.

"그럼······ 히메노. 오늘 계산을 부탁드립니다. 네 시간이니까 8000엔입니다."

"아, 알았어."

히메노는 에나멜 숄더백을 열고 안을 뒤지기 시작했다. 평소의 그녀라면 여기서 지갑을 꺼낼 테지만······ 오늘만큼은 꺼낸 것이 달랐다.

"어?"

히메노가 꺼낸 것은 두 가지. 깔끔하게 포장된 정육면체 상자와 물방울무늬의 귀여운 봉투.

"어, 어······. 시바한테······ 이거."

히메노는 그것을 양손으로 건넸다. 붉게 물든 얼굴로 료마를 바라보고, 긴장감이 덮쳐드는지 손을 떨며.

"고, 고마워. 이 봉투는 의뢰비라고 생각하는데, 이쪽 상자는 뭐야?"

"그건······ 히메노가 주는······ 서, 선물."

"선물?!"

"그, 그래. 오늘은······ 크리스마스이브니까, 선물······."

주위가 시끄러웠다면 들리지 않았을 정도로 가냘픈 목소리. 그러나 22시의 공원에 인기척은 없었기에 제대로 들을 수 있었다.

"히메노······ 쿠키 열심히 만들었으니까 받아줘."

"······."

"처음 만들었으니까, 모양도 이상할지도······. 그래도, 맛있지는 않을지도 모르겠지만, 열심히······ 했으니까."

히메노는 필사적으로, 있는 힘껏 마음을 전했다. 이야기를 하면 할수록 머리가 내려간다. 그 결과로 시선은 마주치지 못하지만 이것이 지금 히메노가 할 수 있는 최선이리라. 료마는 그 마음을 이해하듯 히메노에게 무리한 요구를 하지는 않았다.

"히메노, 정말로 고마워. 굉장히 기뻐."

"부, 부끄러우니까······ 그걸 열어보는 건, 시바네 집에 가서 해줘······."

"알았어. 감상은 제대로 전해줄게."

"응. 그, 그럼…… 히메노, 이만 돌아갈게……."

선물도 줬고, 하고 싶은 말은 마쳤으리라. 히메노는 서둘러 벤치에서 일어나서 도망치듯 돌아가려고 했다. 료마가 그것을 서둘러 막았다.

"──앗?! 히메노, 기다려!!"

"뭐, 뭐야……."

"내가 더 늦어버렸지만 말이지, 사실은 나도 줄 게 있어서……. 설마 히메노랑 똑같은 생각을 했다니, 놀랐어."

새빨간 얼굴 그대로 돌아본 히메노를 보고 가방을 열었다.

"히메노처럼 손수 만든 걸로 준비하진 못해서 미안하지만……."

그런 서두와 함께 꺼낸 것은 히메노와 마찬가지로 예쁘게 포장된 선물 상자. 료마는 그 선물상자와 케이크가 든 주머니를 들고 일어서서 히메노 곁으로 다가갔다.

"자, 히메노. 이건 내가 주는 크리스마스 선물이야."

료마는 케이크가 든 봉투 안에 선물 상자를 넣어서 히메노에게 건넸다.

"……아, 아니야. 이 케이크는 시바 거……. 히메노 건 케이크 위에 놓여 있는 선물상자……."

"아니, 이건 내가 히메노를 위해서 예약한 케이크니까 히메노 거야. 달콤한 걸 좋아한다는 건 알고 있었고, 혼자서 케이크 가게에 들어가기는 어렵다고 그랬으니까."

"……."

"저, 저기—? 히메노?"

히메노가 눈앞에서 완전히 얼어붙었다. 그런 히메노를 깨우듯이 료마는 손을 흔들며 계속 말했다.

"자, 멍—하니 있지 말고 받아줘."

"어, 고마, 워…… 시바……."

히메노는 터틀넥으로 얼굴 아래쪽을 가리고, 미처 말을 이루지 못하는 목소리를 흘리며 이 선물을 양손으로 받아 들었다.

마음에 싹튼 것은 기쁨이 넘쳐나는 듯한 그런 기분.

"두 시간 빠르지만…… 메리 크리스마스. 히메노의 만화가 잘 되기를 앞으로도 기도할게."

"웃!!"

마지막 그 말을 듣고 수줍은 웃음을 지은 료마를 본 순간이었다. 히메노는 눈을 동그랗게 뜨고서 입을 떨었다. 그 모습은 감정에 몸을 내맡기는 스위치가 들어간 것만 같아서——.

"시바……."

"음?!"

그것은 료마조차 예상하지 못했던 일. 예상조차 할 수 없는 일.

히메노는 선물을 든 손을 갑자기 료마의 등으로 두르고, 몸을 내던지는 것 같은 자세로 그를 정면에서 끌어안은 것이다.

그리고 그대로 배에 얼굴을 묻고 부비적거리면서, "고마워…… 고마워……"라며 몇 번이고 감사를 전했다.

"기뻐. 정말로, 기뻐……."

"히메노……."

누군가에게 이런 선물을 받은 적은, 누군가가 이렇게 말을 건네어준 적은 히메노에게는 한 번도 없었다. 오늘 이런 서프라이즈가 있으리라고는 생각도 하지 못했다.

말로는 전할 수 없을 만큼 행복한 기분이었다.

료마는 갑자기 안겨서 기세에 밀리듯 몸을 젖혔지만 지금은 꼬—옥 달라붙어 있었다.

사실 료마에겐 불안이 가득했다. 이 선물을 제대로 받아줄까, 제대로 기뻐해줄까, 하는 불안.

그런 불안이 히메노의 반응을 보고 흩어졌다. 한순간에 안도로 휩싸였다. 그것이…… 대행인이라는 입장을 잊게 만들고 말았다…….

"나야말로…… 고마워, 히메노."

이 감사를 전하는 것과 동시에, 료마는 히메노의 가느다란 등으로 손을 두르고…… 다정하게 끌어안았다.

"……아으."

"……정말로 고마워."

"……."

"……."

히메노 안에서도 료마 안에서도, 데이트 횟수가 늘어나면 늘어날수록 무의식중에 서로를 이성으로 보고 마는 경우가 생겼다. 감정에 휩쓸리는 경우도 생겼다. 그것이 이 알바의 무서운 점.

이 포옹은 몇 초 동안 이어졌을까. 료마의 품속에 묻혀 있는 히메노는 점점 끌어안는 힘이 약해졌다. 이어서 그 팔이 아래로 내려가고, 료마만이 끌어안고 있는 형태가 되고…… 마침내 용량을 넘어버렸다.

"시바, 이 이상은…… 죽어버려……."

"앗?!"

품속에서 들리는 녹아내릴 듯이 가냘프고 떨리는 목소리. 그 목소리에 정신을 차린 료마는 퍼뜩 팔을 풀었다.

"히, 히메노, 미안!"

"~~~으……."

서로의 몸은 금세 떨어졌다. 하지만 히메노는 이미 한계를 넘어섰다. 불이 날 것 같은 안색으로, 온몸을 부들부들 떨며, 한 걸음 두 걸음 뒷걸음질 치더니.

그것이 두 사람의 이별이 됐다.

"──앗?!"

힘껏 눈을 감는가 싶었더니 그대로 뛰어가는 히메노…….

헤어질 때에 매번 말해준 『바이바이』도 없는, 처음 보는 이별 방식.

료마는 어두운 공원에 홀로 남겨졌다. 문득 냉정해지고

보니 그의 얼굴에는 식은땀이 흘렀고, 새파래져 있기까지
했다.

"나, 나는…… 무슨 짓을……."

마지막까지 목소리로 꺼내는 것은 료마에게 불가능했다.

대행 시간이 지나서 돈을 받았다고는 해도 마지막까지
배웅하는 것이 대행인의 입장이다. 히메노의 행동을 막아
야만 했던 것이 료마의 입장이다. 그런데도 흐름에 떠밀리
듯 자신도 안아버렸다.

그 반응으로 히메노를 불쾌하게 하고 말았다……. 무섭다
는 느낌을 주고 말았다. 대행 회사에 어떤 연락이 갈까…….

냉정을 되찾은 그때, 스스로가 한심해져서 료마는 한 걸
음도 움직일 수가 없었다. 우두커니 서 있을 뿐이었다.

무거우면서 불온한 이 시간을, 계속 내리는 가루눈이 더
욱 심각한 분위기로 연출하는 것만 같았다.

* * * *

"으으으…… 부끄러워……."

히메노는 자기 집 현관으로 들어와서는 신발을 벗지도
않고 쪼그려 앉았다.

양손으로 뜨거운 얼굴을 뒤덮으며 차마 표현되지 않는
목소리와 함께 고개를 가로저었다.

"히메노, 시바를 끌어안아 버렸어……. 시바한테, 안겼

어······."

끌어안은 감촉. 힘껏 안긴 감촉. 게다가 료마의 체온에 냄새. 그 모든 것이 남아 있었다.

그뿐만 아니라 히메노의 심장은 숨을 쉬는 것이 어려울 만큼 격렬하게 계속 뛰고 있었다. 료마 생각으로 머릿속이 가득가득해지는 것을 넘어, 계속 료마만을 생각하게 되어 버렸다.

"이 기분, 뭐야······."

태어나서 처음 겪는 일이 히메노를 덮쳤다. 기쁘고 부끄럽고 둥실둥실하는 신기한 감각.

"아······."

그때, 히메노는 떠올렸다. 료마한테서 받은 선물을······. 이 감정에 더욱 가슴을 두근두근하며 복도에 놓아둔 선물로 손을 뻗었다.

포장된 선물 상자를 일단 꺼내고는, 먼저 봉인을 벗기고 케이크 상자부터 열었다.

"어."

그 상자의 내용물을 본 순간. 숨을 삼키는 히메노의 자수정 눈동자가 흔들리고 말았다.

상자에 들어 있던 것은 네 종류의 케이크. 몽블랑, 쇼트케이크, 초코케이크, 밀크레이프. 히메노가 정말 좋아하는 케이크이기에······ 깨닫게 되었다.

『알바하는 서점에 심리 테스트 신간이 들어와서 잠깐 읽어봤는데, 좋아하는 케이크로 심리 테스트를 할 수 있다고 그러니까 히메노한테 조금 협력을 받아볼까 했거든.』

방과 후, 좋아하는 케이크에 대해서 물어본 건 심리 테스트를 하려던 것이 아니라 그녀가 좋아하는 케이크를 선물하기 위해서였다는 걸.

크리스마스이브 수십 일 전부터 서프라이즈 이벤트를 결정했다는 걸.

"시, 시바 바보……. 정말……."

전부, 이래저래 당해버렸다. 히메노는 아무것도 알아차리지 못했었지만 가슴이 포근하게 따뜻해졌다……. 눈을 가늘게 뜨고서 미소 지은 히메노는 케이크 상자를 닫고, 마지막으로 포장된 선물상자를 조심스럽게 열었다.

"이, 이쪽은 뭘까……."

이제 기쁨이 멈추질 않는다. 말로 다 할 수 없을 법한 마음이 점점 커져갔다.

상자는 조금 가볍고 조금 큰 사이즈. 만져봤을 땐 플라스틱 같다. 내용물을 꺼내기 위해서 입구를 열고, 손을 넣어 봉투에서 끄집어내자 그것이 시야에 들어왔다.

"와……."

플라스틱 상자에 들어 있던 것은 테디베어 인형. 그리고 또 하나, 테디베어의 품에 핑크색 작은 상자가 소중히 안겨 있었다.

안에서 조심스럽게 물건을 꺼낸 히메노가 테디베어의

품에 안겨 있던 작은 상자를 열었더니, 또다른 선물이 들어 있었다.

"아!!"

그것은 반짝반짝 빛나는 핑크골드 목걸이. 네잎클로버 모양으로, 로즈쿼츠 보석이 이파리 하나마다 붙어 있었다.

이것이 료마가 히메노를 위해서 선택한 크리스마스 선물이었다.

"예뻐⋯⋯. 정말로 예뻐⋯⋯."

손바닥에 목걸이를 놓은 히메노의 목소리가 또다시 떨렸다.

『두 시간 빠르지만⋯⋯ 메리 크리스마스. 히메노의 만화가 잘되기를 앞으로도 기도할게.』

이것은 료마에게 선물을 받았을 때에 들은 말.

그리고 목걸이에 장식된 네잎클로버의 꽃말은『행운』.

그가 선물한 말과 목걸이의 의미가 확실하게 이어졌다.

히메노는 말할 수 있었다. 오늘, 지금까지 살아오면서 가장 기쁜 선물을 받았다고⋯⋯. 이제는 행복으로 마음이 가득했다.

"시바는 어째서 이렇게 기쁜 일만, 하는 거야⋯⋯."

히메노는 테디베어와 목걸이를 품속에 안았다⋯⋯. 그리고 누구에게도 주지 않겠다는 듯이, 료마에게 이 마음을 전하듯이——무의식적으로 자신의 생각을 입에 담는 것이었다.

"정말 좋아해……"라고.

시각은 23시를 지났다. 료마는 어깨에 눈을 맞으며 귀가 중이었다.

얼굴에 빛은 없이, 가라앉은 표정으로.

"……."

대행 중에 실수를 저지르고서 그리 간단히 기분을 전환할 수는 없었다. 아니, 그보다도 히메노를 상처 입히고 말았을 가능성이 있다는 사실이 가장 힘들었다. 지금 주머니에 들어 있는 히메노의 호의로 받은 선물이 더더욱 그를 가라앉게 만들었다.

——그래도 이 집에서 침울한 표정을 드러낼 수는 없었다.

"……다녀왔어, 카야 누나. 이 시간까지 깨어 있다니 별일이네."

료마는 현관문을 열고는 평소와 다름없는 척을 하며 귀가 인사를 했다.

"어서 와. 오늘은 즐거웠어?"

"응. 근데 피곤하니까 이만 방으로 돌아갈게."

지금의 정신 상태로는 카야와 대화하는 것도 힘들었다. 혼자 있기 위해서 료마는 곧바로 이야기를 끊었지만 그것이 이루어지지는 않았다…….

"잠깐. 중요한 이야기가 있으니까 여기 앉아. 피곤하다는데 미안하지만."

"어?"

"됐으니까."

카야는 뺨을 괴고서 료마를 노려봤다. 아니, 그렇게 느
낄 정도로 강한 눈빛을 보냈다.

갑작스러운 변모에 무심코 허둥댄 료마는 뱀 앞의 개구
리처럼 되어버렸다.

"빨리."

"예……."

툭툭 장소를 지정하기에 위축된 것처럼 의자에 앉았다.

이야기를 나눌 환경이 갖추어지자 카야는 텔레비전 전
원을 끄고 다시 입을 열었다.

"시간도 늦었으니까 물어보고 싶은 것만 이야기하겠는
데, 요즘 뭐 해? 불편한 건 아니니까 화를 낼 생각은 없지
만, 음식을 만들어놓고 가는 빈도가 늘었고 빨래를 하는
시간도 늦어졌어."

"그, 그건 친구가 늘어서 놀러 가는 일이 많아져서 그
래……. 그것 때문에 집안일을 못 하게 된 건 정말 미안해."

카야는 열심히 일해서 생활비를 벌어주고 있다. 그만큼
료마도 애인 대행으로 벌고 있지만 그것을 이야기할 수 있
을 리가 없었다.

마음이 아파도 놀러 갔다는 거짓말을 할 수밖에 없었다.

"흐응. 친구랑 어떻게 놀았는데?"

"쇼핑이라든지, 친구네 집에서 게임이라든지…….”

"있잖아, 내가 무슨 소리를 하고 싶은지 이제 알잖아?
이제 거짓말은 그만해주지 않을래.”

"윽.”

갑작스러웠다. 카야는 날카로운 눈빛과 함께 말투를 강
하게 바꾸었다.

"나는 료마를 가장 잘 알아. 최근 한 달 동안 이런 네 모
습은 아무리 봐도 평범하지 않아.”

"…….”

자신감 있는 서두. 하지만 그것도 당연하다. 이제까지
계속 함께 생활한 남매 사이니까.

"료마는 한 달 전에, 알바를 찾았지. 그런 상황이었는데
도 놀러 가는 빈도가 늘고 집안일에 할애하는 시간도 줄
었어. 너는 성격상 이런 모순되는 행동은 절대로 안 하니
까, 요컨대 새로운 알바를 하고 있다고 생각할 수밖에 없
거든.”

"그, 그럴 리가 없잖아…….”

료마는 이렇게 대답하는 것 이외에 선택지가 없었다. 카
야는 료마의 성격을 완전히 숙지하고 있다. 모든 이야기에
잘못된 부분은 아무것도 없는 것이었다.

"이제 그냥 말하겠는데, 사실은 알바하고 있잖아. 그것
도 보고도 없이 하는 거면 나한테 말 못 할 법한 알바라는
거야.”

"아니아니, 내가 가족 규칙을 무시할 리가 없잖아…….
그보다 카야 누나한테 말 못 할 법한 알바가 대체 뭔데?"

"간단히 말하면 호스트. 그래도 귀가 시간은 빠르고 술
에 취하지도 않았으니까 이쪽은 아니겠네. 아니면 다단계
라든지 사기 같은 것도 있을 테지만, 네 성격으로는 다른
사람을 속여서 돈을 버는 짓은 안 해."

"……."

"료마가 무언가를 감추고 있다는 건 이미 알아. 아니, 이
미 예상이 되니까 물어보겠는데——."

텔레비전 소리도 없는 실내. 적막한 가운데 카야의 차가
운 목소리가 울렸다.

"대행 계열 알바지."

"대, 대행 계열……? 그, 그게 뭐야. 난 몰라……."

이 단어가 나온 순간, 료마는 피가 싸늘하게 식는 것 같
았다. 등을 따라 식은땀이 흘렀다.

"호오, 모르는구나. 그럼 말해보겠는데, 나 봤거든. 료마
가 내 상사, 하즈키 매니저랑 둘이 있는 모습을. 애인처럼
데이트하는 모습을 말이지."

"어……."

이것이 카야가 꺼낸 비장의 카드이자, 료마에겐 눈을 크
게 뜨고서 뒤집어진 목소리를 내고 말 법한 정보였다.

"그러니까 떠오르는 건 애인 대행이겠네. 실제로 그런
알바가 있다는 건 알고, 그 알바를 성공시키려고 나한테

연애 조언을 들었던 거겠지? 전부 앞뒤가 맞아."

"아, 아니야. 그런 말 처음 들었는데……."

데이트를 목격당한 것만이 아니라, 한 번 대행을 했던 하즈키가 카야의 상사라니. 말도 안 되는 그 관계를 알고는 동요해서 이해가 따라가지를 못했다.

"그럼 대답해. 너는 하즈키 매니저랑 어디서 어떻게 만났고 어떤 식으로 엮여 있는지. 그다음에 하즈키 매니저한테도 사실 확인을 할 테니까."

"……."

"말했지. 트러블에 말려들지 않기 위해서라도 규칙 무시만큼은 용서하지 않겠다고. 나한테는 이제 가족은 료마밖에 없다고."

료마는 마른침을 삼키며 떨었다. 카야의 힐문에서 벗어날 방법이 무엇도 떠오르지 않았으니까……

게다가 나쁜 일은 이어지듯이 벌어진다……. 진동 모드였던 료마의 스마트폰이 메시지 하나를 수신했다.

『밤늦은 시간에 미안! 료마 선배 들어봐! 이거 빅 뉴스! 정월에 우리 정월 데이트하잖아?! 그래서 말이지, 근처에 타이신 신사라는 곳이 있잖아? 그 신사에 소원 성취 글자랑 데빌짱 이름이 적힌 소원판이 있었던 걸 작년에 친구가 봤대! 소원판에 거짓말을 적진 않을 테니까 틀림없이 본인이야! 어쩌면 정월에 그 신사에 올지도!』

료마의 불안을 더욱 부추기는 내용의 메시지를 아이라

가 보낸 것이었다.

12월 23일. 크리스마스이브 전날 밤.

어느 아파트 한 집에서 여대생 세 사람이 앞치마를 입고 부엌에 서 있었다.

"그럼 크리스마스를 맞이하여 과자 만들기를 시작하겠습니다—!"

"오—."

"아니, 잠깐만. 왜 나까지 참가하는 흐름이 되어버린 건지……. 두 사람 쇼핑에 어울리고 그대로 돌아가는 흐름이었잖아?"

후코가 구호와 함께 팔을 들자 히메노도 마찬가지로 팔을 들어 의욕을 드러냈다. 그런 가운데, 아미의 분위기는 두 사람과 달랐다.

"그게 말이지, 과자를 만드는 게 특기라고 아미한테 들었으니까. 이렇게 된 이상 같이 도움을 받을 수밖에 없잖아."

"여자력 어필을 위해 했었으니까 특기이기는 한데……, 후코도 과자 만들 줄 아니까 내가 있을 의미가 없잖아? 무엇보다 이 멤버 중에 크리스마스에 외톨이인 건 나뿐이라서 진짜 불편하다고!"

"자자! 조금이라도 사람이 많은 게 좋지—, 히메놋치?"

"응. 아미도 가르쳐줬으면 좋겠어. 히메노 처음이니까."

"그, 그렇게 말해주면 기쁘긴 한데. 그럼 약속하라고? 나를 따돌리지 않겠다고. 남자친구 이야기로 둘이서만 신이 나진 않겠다고."

"아무리 그래도 그러진 않는다니까. 한다고 해봐야 히메 놋치를 괴롭히는 것뿐이니까."

"……."

후코는 히메코에게 창끝을 향했지만 그녀는 반항하지 않았다. 이번에는 이 두 사람에게 가르침을 받아야 한다. 제대로 만들기 위해서는 두 사람의 힘이 반드시 필요하고, 원래 이들 셋 중에서는 놀림을 당하는 캐릭터적인 존재이기도 했다.

"어? 공인이야? 오늘은 히메노 놀려도 되는 거야?!"

"공인 안 해도, 두 사람은 언제나 놀려."

"예! 그러니까 아미도 같이 만들자!! 재료도 3인분 있으니까 겸사겸사 싶었거든!"

"알았어알았어. 그럼 리얼충의 운을 받을 수 있도록 참가하겠습니다—."

"좋—아, 권유 성공! 앞치마 억지로 입힌 보람이 있었어."

"히메노도 기뻐."

"완전히 넘어간 것 같은 느낌이지만, 기왕 돕는 거니까 힘이 될 수 있도록 열심히 할게."

그렇게 아미의 참전도 결정되었다.

"그럼 슬슬 시작할까—. 생지를 냉장고에서 숙성하는 시간이 있으니까 빨리 시작하는 편이 나을 거야."

"응, 열심히 할게."

"그럼 나는 분량을 먼저 조사해둘게. 120개 분량의 생지를 만든다고 생각하면 되겠지?"

"좋아—! 5인분이니까 그 정도가 베스트겠네."

그리하여 후코와 아미가 앞장서서 과자 만들기가 개시되었다.

수순을 아는 인원이 두 사람이기도 해서 첫 준비부터 원활하게 진행되기 시작했다.

"히메놋치는 말이지—, 평소에는 료마 씨랑 어떤 걸 해? 어쩐지 갑작스러운 이야기라 미안하지만."

"아, 그 기분 알겠어! 그 있잖아, 소문으로 들은 방과 후 데이트에서 뭘 했는지도 신경 쓰이지 않아?"

앞치마와 마스크 차림으로 쿠키를 만들기 시작한 세 사람.

박력분, 버터, 그래뉴당의 무게를 재는 것은 후코와 히메노. 아미는 지시를 내리는 역할이다. 그렇게 효율 좋게 작업을 하는데 이런 물음이 나왔다.

"……왜 히메노한테만 그래. 후코한테도 물어봐."

"아니, 후코는 원래 오픈 상태니까 이야기를 해주는데 히메노는 클로즈잖아? 그러니까 그런 부분을 포함해서 흥미 있거든."

"게다가 상대가 료마 씨니까 더더욱 신경 쓰여. 몇 번이나 말했지만 그 사람은 레벨이 다르니까."

"우량 물건이라는 거네. 뭐, 히메노도 그중 하나지만."

히메노와 료마의 데이트를 목격하고 대화를 나눈 적도 있는 두 사람. 그런 두 사람이 본 료마에 대한 평가는 좋은 의미로 괴물! 이었다.

"그래서, 히메노는 방과 후 데이트에서 뭘 했을까? 지장이 없는 범위라면 가르쳐줘—막 이래."

"따, 딱히 이상한 건 안 했어. 방과 후에 대화를 나누고, 돌아갔을 뿐."

히메노와 료마의 관계는 복잡하고 복잡하다. 대학교에서는 친구, 대행 시에는 애인으로 대하는 방식이 바뀌니까. 방과 후 데이트라고 해도 친구 같은 거리감으로 같이 돌아갈 뿐. 손을 잡거나 애인다운 행동은 무엇 하나 하지 않는다.

그것은 남자친구가 있는 후코에게 의문을 가지게 만드는 이야기였다.

"어?! 같이 돌아가는 게 다야? 다른 건 아무것도 안 해?"

"이상해……?"

"아니, 이상한 건 아니지만…… 좀 그렇지?"

그리고 후코는 아미를 바라보며 동의를 구했다.

"후코가 하고 싶은 말은 알겠어. 과자 만드는 중에 말하기는 그렇지만, 이래저래 하질 않는다는 느낌이지?"

"그래그래! 그거야!"

"응?"

얼버무린 말이다 보니 영 맥락을 파악하지 못한 히메노는 가느다란 목을 갸웃거리며 추가 정보를 청했다.

"있잖아, 히메놋치는 료마 씨랑 좋은 관계잖아? 싸운다든지 그런 적은 없지?"

"그래. 시바는 다정하니까."

"그럼, 솔직하게 말해서…… 헤어질 때 키스 같은 건 했겠지?"

"어?!"

이건 어디까지나 후코의 감각이지만, 그런 일을 해도 이상하지 않다고 생각할 정도의 인상이 있었다. 그리고 예상밖의 발언이었기에 놀라서 목소리가 나오지 않았던 히메노는 오해를 부르고 말았다.

"후코 씨. 지금 그거 보셨나요. 저런 반응이라면 키스는 했네요."

"틀림없이 그렇겠지요―. 꽤 하잖아, 히메놋치!"

"아, 아냐……. 그, 그런 거…….''

"키스 쪽이라면 말이지, 료마 씨한테 살짝 억지스러운 느낌으로 당할 것 같지 않아? 왜 그게, 히메노는 부끄럼쟁이니까."

"알지알아! 몸을 바들바들 떨면서 키스당할 것 같아."

"머, 멋대로…… 상상하지 마……. 그런 거, 안 해."

히메노는 애써 오해를 풀려고 했지만 기세를 탄 두 사람에게 대적할 수 있을 리가 없었다.

실제로, 그런 걸 하게 된다면 히메노는 스스로 나서지 못할 것이다. 아미랑 후코의 말 그대로 되어버릴 것이다.

료마와 키스를 하는 상상을 해버린 히메노의 얼굴은 이미 새빨개져 있었다.

이 상태로는 무슨 소리를 해도 믿음을 얻을 수 없다. 전부 수줍음을 감추려는 행동으로 보는 것이 자연스러울 정도.

"그래도 뭐, 이런 귀여운 히메노가 여자친구라면 조금 억지스럽게 굴어도 어쩔 수 없지! 그런 느낌이 들긴 하네. 히메노는 자기 관리가 굉장하니까 입술은 탄력 있고, 료마 씨한테도 독점욕은 있을 테니까."

"딱히 감출 것 없는데 말이지—. 이온에서 두 사람을 봤을 때부터 거리감이 가까웠으니까 예상하긴 간단해. 오히려 안 하는 게 이상할 정도니까."

"……."

두 사람의 사이가 좋다고 단정했기에 나온 예상. 히메노를 제쳐두듯이 이야기는 진행되었다.

"후코도 남자친구랑 키스는 마쳤었지?"

"그야 사귀는 사이니까. 아, 근데 과격한 녀석은 안 했어. 물론 그 이상의 일도. 우리는 사귄 지 아직 얼마 안 되었으니까."

"……어라, 그러고 보니 히메노는 료마 씨랑 언제부터 사귄 거야?"

"그건 히메놋치가 비밀로 하는 부분이야. 내 예상이긴 하지만, 반년 정도 지나지 않았을까? 아무리 그래도 2, 3 개월 만에 그렇게나 사이가 좋아지진 않겠지. 다른 사람도 아니고 히메놋치가 홀딱 빠졌을 정도라니까?"

"홀딱 빠졌다 같은 소리 하지 마⋯⋯."

가짜 관계이든 진짜 관계이든, 그런 말을 들으면 부끄러워진다. 소곤소곤 반항하지만 이런 앳된 반응이 신빙성을 제멋대로 높였다.

어린 외모와 이 반응은 히메노의 무기이자 매력 중 하나이리라.

"반년이 되었다고⋯⋯? 어쩌면 후코 이상으로 관계가 진행되었을 가능성도 있다는 소리네?! 그게, 히메노는 자취하니까 그런 일을 할 장소는 충분히 있기도 하고⋯⋯."

사적인 자리에서 한창때의 친한 여자가 셋이 모이면 학교에서는 못 할 법한, 대담한 대화가 늘어나는 법이다.

"그러고 보니 히메놋치는 완고하게 집에 들여보내 주지를 않네―⋯⋯. 혹시 야한 게 있어서 그런다든지?!"

"앗. 진짜네⋯⋯ 아니, 어? 그럼 히메노는 다 졸업해버린 계열이야?! 거짓말이지?!"

"어째서 이야기가 그렇게 되는 거야."

히메노가 친구를 집으로 들이지 않는 것은 만화가라는 사실이 들킬 우려가 있기 때문.

컴퓨터는 몰라도 액정 태블릿이라는 기계를 안다면 그

림을 그린다는 사실을 들키고 만다. 게다가 집 책장에는 참고서를 대신해서 만화나 소설이 빼곡하게 채워져 있다. 그쪽 길에 있다는 사실을 들킬 가능성은 충분하다.

그것을 방지하기 위해서 취했던 행동이 도리어 해가 되어버렸다.

히메노도 열여덟 살. 두 사람이 어떤 의미의 대화를 나누는지는 알았다. 조금 더 말하자면 트위트를 시작한 초기, 많은 인기를 얻기 위해서 그런 그림도 그렸다.

흥미가 없다면 당연히 할 수 없는 일이고, 그런 만화를 읽으니까 자신도 그릴 수 있었던 것이다…….

"두, 둘 다 갑자기 이상한 이야기 하지 마……. 쿠키 만들고 있는데."

"지금 이 당황한 목소리에 동요하는 반응……. 후코, 이거 하는 것 같아……."

"어쩐지, 그러네. 생각했던 것 이상으로 어른이었구나, 히메놋치……."

"이 정보, 학교 남자들이 알았다가는 쇼크로 죽는 사람 나올 것 같지 않아? 료마 씨랑 같이 돌아갔으니까 그중에는 히메노의 순결을 빼앗는 얼굴을 떠올릴 수 있는 사람도 있을 테고."

"이래서야 강의나 할 때가 아니네—. 히메놋치의 팬이 통곡하겠어."

아미와 후코, 두 사람의 뜨거운 시선이 계속 쏟아졌지만 이제는 멈출 수 없겠다고 독자적으로 판단한 히메노는 대책을 취했다.

더 이상 주위를 안 보는 것으로 하자고. 묵묵히 분량을 계속 재자고.

히메노는 또다시 상상하고 만 것이었다. 키스를 넘어선…… 어른의 행위를 료마와 하고 있는 모습을…….

생각하는 것만으로도 머릿속은 가득해졌다. 마스크로 가린 얼굴이 불이 날 것처럼 뜨거워졌다.

이제까지…… 키스도, 어른의 행위도 한 적이 없는 만큼 상상의 강도는 남들 이상이 되어버리는 법. 히메노는 그것을 얼버무리듯이 말을 꺼냈다.

"……아미. 끝났어. 다음 작업 가르쳐줘……."

"아, 그럼 다음은 박력분을 체로 쳐서 덩어리를 푸는 작업이야! 그게 끝나면 그릇에 달아둔 버터랑 그래뉴당, 소금을 조금 넣기. 그다음엔 풀어놓은 달걀을 세 번 정도로 나누어서 섞는 느낌으로!"

"알았어……."

스마트폰으로 요리 정보를 파악한 아미에게 다음 공정을 배우는 히메노.

이 부분에서 굉장한 점을 들자면, 그렇게나 수다를 떨고 있던 후코가 히메노보다 먼저 아미의 분량까지 전부 무게를 쟀다는 사실이다.

"히메노, 괜찮아? 귀까지 엄청 빨개졌는데……."

"으, 그건 두 사람이 이상한 소릴 하니까……. 히메노, 그런 거 안 했는데……."

"아니아니, 아무리 그래도 그건 말이 안 된다니까."

"지금 모든 게 이어졌어, 나. 히메놋치가 사귀기 시작한 시기를 비밀로 한 건 했다는 사실을 숨기기 위해서였지―? 뭐, 순조롭게 진행되고 있다면 잘된 일이야, 응. 이런 동안으로 어른의 계단을 올라갔다는 건 충격적이었지만."

"믿어주지 않는다면, 시바한테 물어보면 돼."

순진한 히메노가 취한 최선의 방법. 그것은 료마에게 의지하는 것. 틀림없이 제대로 답해주리라 믿고 있기에 취할 수 있는 수단이었다.

이야기는 이것으로 끝이라는 듯, 히메노는 체에 친 박력분에 버터를 더하더니 볼을 한 손으로 안아 들고서 거품기로 뒤섞었다.

"……."

"……."

그 모습을 말없이 바라보는 두 사람은 시선을 마주하더니 그 상태로 소곤대며 대화를 시작했다.

"있잖아, 후코. 히메노, 섞는 거 위험할 정도로 귀엽지 않아? 그릇을 안고서 섞고 있어."

"내 감각으로는 부엌 테이블에 내려놓고서 섞는 편이 빠르고 편할 텐데, 히메놋치의 힘으로는 저쪽이 더 편한 걸지도? 누르는 힘이 제대로 들어가지 않으면 그릇이 날아

가 버린다든지 할 테니까."

"그렇구나……. 아니, 이 모습을 료마 씨가 본다면 무조건 기뻐할 것 같지 않아?"

"무조건 기뻐해. 아까까지 그렇게나 동요했으면서 지금은 이미 무서울 정도로 진지한 표정이고. 솔직히 지금은 히메놋치에게 이야기를 걸 수가 없을 정도인걸."

"마음을 담아서 만든다는 걸 아니까 도저히 끼어들지를 못하겠어."

"그래그래. 역시 여기서 더 파고들었다가는 벌받을 거야."

상대가 싫어할 정도로 놀리는 건 그저 괴롭힘이다. 두 사람은 그렇게 물러날 때를 잘 찾아내기에 히메노에게 미움을 받지 않는다. 친구라고 말할 수 있는 포지션에 서 있는 것이다.

지금도 열심히 거품기로 크림 상태의 생지가 될 때까지 섞고 있는 히메노를 보면서 대화는 이어졌다.

"히메노가 저렇게나 생각해주다니 료마 씨는 행복한 사람이구나."

"그건 남자친구가 료마 씨라서 그런 것도 있겠지. 그렇게나 인기 있는 히메놋치가 완전히 몰두하게 만든다니 괴물이 아니고서야 무리잖아. 라이벌은 학교 안에 잔뜩 굴러다니는데."

동안, 작은 키, 귀여움, 화려함, 그리고 늘 진지한 표정으로 유명한 로리린 카시와기 히메노.

시선을 끄는 1학년이다 보니 남자친구나 가까운 사이가 되고 싶다는 남자들은 잔뜩 있다. 시바 료마라는 존재는 안중에 없을 터.

"게다가 하고 있다는 시점에서 타의 추종을 불허하겠네. 그런 행위를 한 번만 해도 안심감이 다르다고 하니까."

"……히메놋치가 한다는 게 놀랍긴 한데. 대체 어떤 플레이를 하는 걸까……."

"그건 뭐, 료마 씨가 계속 공세에 공세를 거듭하고 히메노는 당하기만 하는 플레이겠지."

"그건 완전히 괴롭히는 거잖아."

"그래도, 히메노가 료마 씨를 상대로 공세에 나서는 모습은 상상이 안 되잖아……? 후코는 상상이 돼?"

"응. 전혀 안 돼."

"……아미, 후코."

"어?!"

"히, 히메놋치, 무슨 일이야?"

홀로 집중하고 있던 히메노는 두 사람의 대화가 들리지 않았던 것처럼 말을 건넸다.

그녀의 얼굴은 무서울 정도로 진지하다. 그런 가운데, 두 사람이 나누던 대화 내용이 내용인 만큼 허둥지둥 대답을 했다.

"무슨 일이기는. 같이 섞어. 히메노만 먼저 끝나버리겠어."

"그, 그러네! 확실히 그래! 그럼 나도 슬슬 섞기로 할까.

다음 순서를 말하자면 체에 친 박력분을 크림 상태가 된 생지에 전부 섞는 느낌이겠네. 이때는 거품기에서 주걱으로 바꿔서 자르듯이 섞도록!"

"응, 열심히 할게."

"오븐에서 꺼내는 작업은 내가 할게. 남자친구가 있는 두 사람이 다쳐서야 안 되니까."

"다정한 소리를 하시잖아, 아미. 플레이트 조금 무거우니까 그렇게 해준다면 기쁘지."

"무겁다면 히메노도, 부탁할게……."

"맡겨줘. 그래 봐야 냉장고에 숙성시키는 시간이 있으니까 아직 한참 뒤겠지만."

그렇게 세 사람은 각자의 생지를 섞었다.

코코아와 초코칩, 녹차 등도 준비되어 있었기에, 맛이 다른 생지가 차례차례 만들어지게 되었다.

그 후, 냉장고에서 30분 숙성시킨 생지를 밀대로 밀고 틀로 찍어내는 작업에 들어갔다. 하트랑 클로버, 별과 꽃, 동물까지 여자다운 각양각색의 틀이 준비되어 있었다.

"후코, 이거 끝나면 오븐에 넣고 완성?"

"그래그래. 조금 더 자세히 말하자면 쿠키를 식혀서 주머니에 담는 작업만 남았겠네."

"그보다 히메노가 만든 생지 너무 깨끗해. 엉긴 게 하나도 없이 반들반들하잖아. 역시 손재주가 좋다는 건 굉장하구나…….”

"주걱을 사용하는 게 엄청 능숙했으니까 말이지, 히메놋
치. 초보라고는 여겨지지 않을 정도의 완성도야.”

"고마워…….”

두 사람에게 높은 평가를 받은 생지를 틀로 찍어내는 히
메노. 녹차 생지에는 클로버. 플레인 생지에는 별 같은 식
으로 각각의 색상에 맞는 것을 골라서, 꼼꼼하게 천천히
시간을 들여 만들었다.

어느샌가 만들어둔 생지는 모두 틀 작업이 끝났다.

마지막 공정은 180도로 예열해둔 오븐으로 굽는 것뿐.

"히메놋치부터 먼저 구워도 돼. 완성도 신경 쓰이잖아?”

"괜찮아……?”

"나는 전혀 문제없어. 아미도 괜찮지?”

"물론이고말고. 나는 가족한테 주는 용도니까 완성도도
관계없고, 가장 마지막이라도 괜찮아. 후코는 두 번째로
구워도 돼.”

"땡스!”

"둘 다, 고마워…….”

"신경 쓸 것 없어. 그럼 히메노 쿠키부터 오븐에 넣을게.”

"응.”

고개를 끄덕이자 무거운 플레이트를 아미가 들어서 오
븐에 세팅했다. 이제 가열 버튼만 누르면 된다.

"히메노는 이 버튼 안 눌러도 되겠어? 최후의 마무리라

는 녀석인데."

"아니, 누르고 싶어."

"그럼 하시죠."

"예."

히메노는 자그마한 검지로 버튼을 눌렀다. 그 순간 오븐이 켜졌다. 굽는 시간은 12분이었다.

"히메노, 구워지는 거 봐둘래."

"아하핫! 나도 처음으로 과자 만들 때는 그랬지─. 보고 있지 않으면 불안하거든."

"응, 불안해."

오븐 안을 들여다보며 대답하는 히메노. 아미와 후코는 그런 모습을 흐뭇한 표정으로 바라봤다.

"이것 참, 절실하게 사랑받고 있구나─ 료마 씨는."

"나는 이미 질투를 넘어서 히메노를 응원하고 있어. 이런 모습을 봤으니까 말이지……?"

두 사람은 평소와 다름없는 말투로 대화를 나누었지만, 히메노는 이쪽에 반응하지도 않고 오븐 안에서 구워지는 쿠키에 의식을 빼앗긴 모습이었다.

"또다시 목소리도 안 들리는 상태에 들어갔네, 히메놋치. 어쩐지 주위에 료마 씨를 향한 하트가 날아다니는 것처럼 보여."

"지금은 마스크 벗어도 되는데 계속 쓰고서 지켜볼 정도니까."

"빨리 말할까? 마스크 벗어도 된다고. 불편할 것 같은데 말이지. 히메노 얼굴은 인형처럼 작으니까 마스크로 얼굴 삼분의 이가 가려져 버렸고."

"음―, 가열 시간은 10분 정도니까 이대로 괜찮지 않을까? 저 상태인데 끼어들 용기, 나한테는 없어."

"사실은 나도……. 이야기한다면 아미한테 부탁하려고 했어."

"남한테 떠넘기지 말라고!"

그런 대화를 나누는 사이에 5분, 10분이 지나갔다. 부엌에는 쿠키의 달콤한 향기가 가득해졌다.

"슬슬 꺼낼 준비를 할까. 1분도 채 안 남았으니까."

"아미, 쿠키 떨어뜨리지 않도록 조심해."

"괜찮아. 장난을 칠 수 있는 상황도 아니니까."

오븐용 장갑을 낀 아미는 히메노 옆으로 향했다. 그곳에서 함께 완성될 때까지 기다리는 것이었다.

『띵!』

그런 높은 소리가 울리고 오븐이 꺼졌다. 쿠키 완성이었다.

"그럼 내가 쟁반을 꺼낼 테니까 히메노는 젓가락으로 케이크 쿨러 위로 쿠키를 옮겨."

"알았어."

그리고 오븐 뚜껑을 연 순간, 달콤한 냄새가 넘쳐 나왔다. 무의식적으로 킁킁 코를 움직이고 말 정도로.

"분명 맛있을 거야, 이 쿠키."

"그랬으면, 좋겠다……."

"조금 식힌 다음에 맛을 봐야 돼."

"응."

뜨거운 쟁반을 꺼낸 아미는 케이크 쿨러 앞으로 이동해서 히메노가 쉽게 옮길 수 있도록 배려했다.

케이크 쿨러란 이름 그대로 갓 구운 케이크나 쿠키를 식히는 철망. 수증기가 차지 않고 효율 좋게 식힐 수 있는 도구다.

"히메노 쿠키, 모양이 바뀌었어……."

"가열하면 부풀어 오르거나 하니까 틀 모양 그대로는 안되거든. 그래도 그 정도라면 전혀 걱정할 필요 없는데? 내 것도 후코 것도 그런 느낌이 될 테니까."

"그래?"

"구워진 걸 보면 알아. 뭐, 히메노의 자랑스러운 료마 씨라면 모양 따윈 뒷전일 테고. 히메노가 만들어줬다는 게 기쁠 거니까."

"……응."

아미의 말에 불안은 사라졌다. 『시바라면……』하고 납득하는 히메노였다. 그래도 처음으로 과자를 만든 히메노의 퀄리티는 상당한 수준. 아미의 말대로 전혀 걱정할 필요 없는 레벨이었다.

"그럼 다음은 후코 차례네."

"예—이!"

그리고 다음은 후코가 구울 차례였다. 이쪽도 오븐에 세팅하고 다시 12분 동안 구웠다.

그렇게 한창 굽는 중이었다.

"히메놋치, 조금 뜨거울지도 모르겠지만 갓 만든 쿠키 맛을 볼까? 료마 씨한테 줄 것이기도 하니까 확인하는 편이 나을지도."

"그, 그러네……."

후코의 조언을 듣고 히메노는 손가락으로 콕콕 쿠키의 열기를 확인하며 손에 들었다.

"잘 먹겠습니다……."

긴장의 한순간. 히메노는 뜨거운 걸 참으며 쿠키를 입에 물고 오물오물 먹었다.

"……."

"……."

"……."

쿠키에 대한 감상을 재촉하지 않고 가만히 기다리는 아미와 후코에게 히메노는 자수정 눈동자를 반짝이며 말했다.

"마, 맛있어."

"호! 다행이야아아아아!"

"잘됐네, 히메노! 정말로 잘했어!!"

"응, 이제는 시바한테 줄 수 있도록, 노력할게……."

히메노는 마스크를 다시 쓰고는 두 사람에게 들키지 않

도록 입가에 미소를 지었다.

맛도 확인할 수 있었기에 자신감도 붙었다.

"시바, 기뻐해준다면 좋을 텐데……."

마스크 위로 양손을 맞댄 히메노는 누구에게도 들리지 않도록 작은 목소리로 료마를 떠올리며 지금의 마음을 밝혔다.

히메노는 아미와 후코에게 들키지 않도록 몰래 더더욱 바람을 담았지만, 동그란 눈가에는 그 바람이 제대로 드러나 있던 것이었다.

후기

이번에 본 작품을 구입해주셔서 감사합니다…….

여러분의 성원 덕분에 이렇게 어떻게든 2권을 낼 수 있었습니다.

2권에서는 히메노와의 데이트를 깊이 적을 수 있었고 신 캐릭터도 추가되어 1권과는 다른 분위기를 즐기셨다면 다행입니다. ……뭐, 이번에 아이라의 출연이 줄어들고 만 것은 죄송합니다.

그리고 감사로 넘어가겠습니다.

일러스트 후미 선생님. 세세한 부분까지 공들여서, 그리고 미려한 일러스트로 작품을 장식해주셔서 감사합니다.

담당 사사키 님. 몇 번이나 미팅을 가지고, 게다가 급한 전화에도 진지하게 대응해주셔서 감사합니다.

그리고 많은 관계자분들, 독자 여러분 덕분에 2권도 세상에 내보낼 수 있었던 것을, 여기서 감사드립니다.

그럼 다음 권의 정월, 새해 참배를 보내드릴 수 있기를 바라며.

나츠노미

KOIBITO DAIKO WO HAJIMETA ORE, NAZEKA BISHOJO NO SHIMEIIRAI
GA HAITTEKURU Vol.2

애인 대행을 시작한 나, 어째선지 미소녀의 지명 의뢰가 들어왔다 2

2022년 2월 15일 1판 1쇄 발행

저　　　자 나츠노미
일러스트 후미
옮　긴　이 손종근
발　행　인 유재옥
본　부　장 조병권
담당편집자 박치우
편　집 1 팀 이준환 박소연
편　집 2 팀 정영길 조찬희 박치우
편　집 3 팀 오준영 곽혜민 이해빈
라이츠담당 한주원
디　지　털 박상섭 이성호 최서윤 김지연
미　　　술 김보라 박민솔
발　행　처 ㈜소미미디어
인쇄제작처 코리아피엔피
등　　　록 제2015-000008호
주　　　소 서울시 마포구 토정로222, 403호 (신수동, 한국출판콘텐츠센터)
판　　　매 ㈜소미미디어
영　　　업 박종욱
마　케　팅 한민지 최정연
전　　　화 편집부 (070)4164-3962, 3963 기획실 (02)567-3388
　　　　　　 판매 및 마케팅 (070)4165-6888 Fax (02)322-7665

ISBN 979-11-384-0710-6 04830
ISBN 979-11-384-0309-2 (세트)